岩波文庫

32-604-1

オ ネ ー ギ ン

プーシキン作
池田健太郎訳

岩波書店

Пушкин

ЕВГЕНИЙ ОНЕГИН

目　次

付　録

エヴゲーニイ・オネーギン

——韻文小説——

Pétri de vanité il avait encore plus de cette espèce d'orgueil qui fait avouer avec la même indifférance les bonnes comme les mauvaises actions, suite d'un sentiment de supêriorité, peut-être imaginaire.

Tiré d'une lettre particulière.

(彼は虚栄心に満ちあふれ、そのうえに、よきふるまい悪《あ》しきふるまいおしなべて、冷やかに打ち明けるほどの驕《おご》れる心を持っていた。おそらくは架空のものであろう優越感の、結果である。

ある私信の一節)

おごれる社交界を楽しませようとは思わねど、
友情あふれる関心に恋いこがれつつ、
私は君に捧げたい、——
君にふさわしい質草《しちぐさ》を、
聖なる夢想、生ける晴れやかな詩、
けだかい思い、けだかい素朴さにあふれた
うるわしい魂にこそふさわしい質草を。
だがままよ、不公平な手をもって、
半ばおどけた、半ば悲しげな、
平民的な、また理想的な、
色とりどりの章の集まりを受け取るがいい。——
私の気晴らしの、眠られぬ夜々の、
また軽薄な霊感の、
未熟なままにしぼみゆく年々の、

理知の冷やかな観察の、
感情の物悲しい心覚えの、
無頓着なこの果実を。

第一章　ふさぎの虫

世渡りも大あわて、恋の道も大急ぎ。
——ヴャーゼムスキイ公爵

「叔父《おじ》さんはよくよくの律義者だ。再起不能の床《とこ》にふせると、さすがは一家のあるじと尊敬させた。* なかなか殊勝な上分別、あれこそ世間の立派なかがみだ。——そうは言っても、昼夜の別なく病人の枕もとにすわり詰め、一歩も逃げ出せぬとは退屈至極、ましてや死にぞこないを慰めたり、枕のまがりを直したり、悲しそうに薬を運びながら、ため息をついて腹の底で『こん畜生、はやくお迎えが来りゃいい』と思うのは、何とも見さげはてたえせ親切だ。」

　砂ぼこりをけたて、駅馬車で宙を飛びながら、若き蕩児《とうじ》はこう考えた。あまた数ある親戚《しんせき》のなかから、ゼウスの神の畏《かしこ》き御旨《みむね》で、彼は相続人に選ばれたのだ。諸君、『ルスランとリュドミーラ』*の親友よ！　この小説の主人公を、前置き抜きに今ここで、私は諸君に紹介させて頂こう。――私の良き友オネーギンは、ネヴァ河の河畔の町で産声《うぶごえ》＊あげた。もしやそこは読者諸君が、あるいは生まれ、あるいは名を挙げた町ではないか。実は私もそのむかし、そこを浮かれ歩いたもの。だが、北国は、私の身にはすこぶる毒だ。＊――

エヴゲーニイの父親は、勤務《つとめ》は立派に果たしたものの、借金ぐらしを続けたうえに、毎年三度、舞踏会を開いたので、とうとうすっかり尾羽《おは》打ち枯らした。幸い情深い運命は、エヴゲーニイを見捨てなかった。最初はMadame《マダム》が世話を焼き、やがてMonsieur《ムッシュウ》が彼女に代った。少年は腕白ながら愛らしかった。貧しいフランス人のMonsieur l'Abbé《ラベ》は、御曹司《おんぞうし》を苦しめては大変と、よろず冗談まじりに彼に教え、厳格な説教を繰り返すこともなく、いたずらは軽くたしなめるだけにとどめて、もっぱら「夏の園」へ散歩に連れて出た。

物狂おしい青春が、希望とあまい悲哀の時がエヴゲーニイを訪れた時、Monsieurは屋敷を追い払われた。わがオネーギンは今こそ自由気ままの身、――まず最新流行の髪に刈り、ロンドンの伊達者《だてしゃ》そっくりの服を着て、待ちに待った社交界へと乗り出した。フランス語なら流暢《りゅうちょう》に話もできれば手紙も書け、マズルカの足さばきも軽やかに、会釈のしぶりも自然だった。それだけできれば何が要《い》ろう！　社交界は聡明《そうめい》な、げにも可愛い青年と決めてしまった。

一体われわれの学問とは、浅く、ちょっぴり学ぶだけ――だからありがたやわが国では、教養で名をあげるのはわけもない。オネーギンは、大勢の（断定的で厳格な裁判官たちの）見るところでは、いっぱし学のある若者だったが、変り者で、会話の途中でさりげなくあらゆる事にちょっと触れたり、もったいぶった議論が起きると、さも物知り顔に沈黙を守ったり、一方、不意打ちの警句の炎で貴婦人たちの微笑を誘う、仕合せな才能を持っていた。

ラテン語は今では流行はずれの知識だから、実を言うとラテン語に彼はずいぶん明るいわけで、エピグラフを判読したり、ユウェナーリスを語ったり、手紙の終りに、vale《さよなら》と書くぐらいは十分できた。それに間違いの一つ二つはありながらも、『アエネーイス』を二行、そらで覚えていたのである。年代記のほこりをはらって、歴史の記述をさぐる興味はなかったが、それでも彼は過ぎし日々の偉人の逸話を、ロムルスの昔から今日に至るまで、記憶のなかにしまっていた。

詩歌のためには命を惜しまぬという、けなげな情熱を持たなかったから、彼はどんなに私たちが嚙《か》んでふくめても、弱強調《ヤンブ》と強弱調《ホレイ》を見分けられず、ホメロスやテオクリトスを罵倒《ばとう》した。その代りにはアダム・スミスを読んでいて、深奥なる経済学者になっていた。つまり彼は、どんなふうに国家が富み、何によって存続し、また天然の産物が豊かにあればなぜ国家に貨幣が要らないかを、判断することができたのである。父は息子の考えが理解できず、しきりに領地を抵当に入れた。

そのほか何をエヴゲーニイが知っていたかを、一々数えあげる暇はない。しかしわけても何に彼がまことの才を発揮したか、あらゆる学問のうちで何に一ばん精通していたか、生先《おいさき》こもるまだ若い日々から何が苦労でもあり、苦しみでも喜びでもあったか、何がひねもす彼の憂《うれ》いがちな怠惰《たいだ》を捕えていたかと言うなら、それはかのローマ詩人オウィディウスが歌いあげた甘き情熱の学問。この学びの道ゆえにオウィディウスは、生国イタリヤを雲のかなたに、モルダヴィヤは人里はなれた荒野のはずれで、輝かしくも物狂おしい生涯を、受難の人として果てたのだ。

……………………………………………………………………　＊

実際どんなに年端《としは》もゆかぬ幼いころから、エヴゲーニイは気取ったり、野望を隠したり、嫉妬《しっと》したり、恋に冷水を浴びせたり、信じ込ませたり、陰気な風を装ったり、しょげ返ったり、ある時は高飛車《たかびしゃ》にある時は下手から、また気のあるような気のなさそうな、そうした態度を見せるすべを心得ていたことか。どんなに物憂《ものう》げに口を閉ざし、どんなに燃える雄弁の火蓋《ひぶた》を切り、また恋文を書けばどんなに無造作だったことか。ただひたすらに恋に血道《ちみち》をあげて生き、どんなに忘我の境をさまようすべを知っていたことか。その目差《まなざし》はどんなに素早くどんなに甘く、恥ずかしげでもあり不敵でもあり、時にはしおらしい涙にきらりと輝いたことか。

また彼は、人が変ったかと思わせたり、たわむれにおとめ心を驚かしたり、用意した絶望で脅かしたり、気持のいいお世辞で機嫌を取ったり、感動の一瞬を捕えたり、うぶな警戒心を知恵と情熱で征服したり、自然な愛撫《あいぶ》を待ち受けたり、恋の打明けをせがんで求めたり、おとめの胸の最初の響きを盗み聞いたり、執拗《しつよう》に愛を求めたり、——そうして不意に秘《ひそ》かなあいびきの機会を手に入れ、それからふたり差し向かいで、静けさのなかで授業を行なうすべを知っていた。

またどんなに早くから、彼は名うてのコケットの胸の火をかき立てることができたことか。憎い恋敵《こいがたき》を葬ろうと思えば、どんなにひどい毒の言葉を放ったことか。どんなわなを仕掛けたことか。それなのに諸君おめでたい亭主たちは、平気で彼と親友づきあいをつづけていた。フォブラス＊の昔の弟子たる狡猾《こうかつ》な夫も、疑り深い老人も、日ごろ自分自身にもわが家の食事や妻にも満足している勿体《もったい》ぶった寝取られ亭主も、こぞって彼を可愛がった。

………………………………………………………………＊

まだ彼が寝床にいるころ、よく手紙が届けられた。何だろう？　招待か？　案のじょう、三軒の家庭が夜会に彼を招いている。こっちの家では舞踏会、あっちの家では誕生祝い。わが腕白者はどこへ駆けつけるのか。どの家から訪ねるのか。なあに同じことさ、全部まわっても知れたもの。まずしばらくは朝の化粧に浮き身をやつし、それからボリヴァル風の鍔広《つばびろ》帽子＊を頭に乗せ、並木通りへ馬車を走らせ、まどろみを知らぬブレジェ時計が夕食の時を打つまでは、ひろびろとした並木道を浮かれ歩く。

いつかあたりが黒ずんで、オネーギンは橇《そり》に乗り込む。「ほい！　ほい！」という御者の叫びが響き渡り、氷のほこりを浴びたように、海だぬきの毛皮の襟《えり》が銀色に輝く。目ざす行く手は料理店タロン。その店で、友人のカヴェーリンが待っている。店へ入る。——と、コルクの栓が天井へぽんと飛び、彗星《すいせい》じるし＊のシャンパンがどっと流れる。血のしたたるRoast-beef《ロースト・ビーフ》、若き日の贅沢《ぜいたく》でありフランス料理の花と謳《うた》われる松露《しょうろ》、リンブルグの生チーズ、ブリキ臭いストラスブルグの肉饅頭《にくまんじゆう》、金色のパイナップルが運ばれて来る。

カツレツの燃える脂《あぶら》を洗うために、喉《のど》はなおも酒杯を求めて渇いているが、ブレジェ時計の鐘の音が、新作バレエの開幕を告げている。劇場の意地の悪い立法者で、魅惑的な女優の移り気な崇拝者、楽屋の名誉市民たるオネーギンは、さっそく劇場へ飛んで行く。そこでは誰もが我が物顔に、Entrechat《アントルシャ》に喝采《かっさい》を送ろう、フェードルやクレオパトラにヒスを飛ばそう、モイーナを呼び出そうと待ち構えている(自分の声をひとに聞いてもらうために)。

＊

魔法の国よ！　そこはむかし、大胆な諷刺詩《ふうしし》の王であり自由の友たるフォンヴィージンが、人まね上手なクニャジニーンが、はなやかな令名をあげたところ、また劇作家のオーゼロフがうら若いセミョーノワと、満場の涙と拍手の夢中の年貢《ねんぐ》を分けあったところ、わがカチェーニンがコルネーユの偉才をよみがえらせ、辛辣《しんらつ》なシャホフスコイが騒々しい喜劇の群を引き出したところ、バレエの大家ディドローが栄誉の冠をいただいたところ。それに、ああそここそは、楽屋の壁の片隅《かたすみ》で、私の若き日々が飛び去ったところなのだ。

私の女神らよ！　君たちは今どうしているのか。どこにいるのか。私の悲しい声に耳傾けておくれ。――今も昔のままなのか。それとも他のおとめらが、君たちに取って代ってしまったのか。ふたたび私は君たちの合唱の声が聞けるだろうか。ロシアの舞踏《テルプシコラア》の神の、魂あふれる飛翔《ひしょう》が見られるだろうか。それとも打ち沈んだ私の視線は、わびしい舞台になじみの顔を見つけられず、幻滅の柄付眼鏡《ロルネット》を縁なき観客へかざして、他人の歓楽を冷やかに眺めながら、私は声も立てずにあくびをして、過ぎ去った昔をさびしく思い浮かべるのか。

さて、劇場は早くも大入満員――桟敷《さじき》はきらきら輝き、椅子席《いすせき》や立見席は沸き立ち返り、天井桟敷の観客はもう待ち切れずに拍手している。と、幕がさらさら巻きあげられる。絢爛《けんらん》たる、風のごときイストーミナが、魔法の胡弓《こきゅう》の命ずるままに、ニンフの群に囲まれて立っている。と見るまに彼女は片足で床に触れ、片足でゆるやかに旋回しつつ、不意に跳《と》びはねるかと思えば、不意にひらりと宙を飛ぶ。その飛ぶさまは、まるで一枚の綿毛が風の神《エオール》の口に吹かれるよう。裾《すそ》をきりきり巻きつけるかと思えば、さらさらと振りほどき、眼にも止まらぬ早業《はやわざ》で足と足を打ちあわす。

破れんばかりの拍手喝采。その時オネーギンが姿を現わし、椅子席のあいだを悠然《ゆうぜん》と歩きながら、二重ガラスの柄付眼鏡をかざして桟敷の見知らぬ貴婦人たちをちらりと眺め、二階席、三階席へ視線を投げ、劇場じゅうを見て取った。観客の顔にも化粧にも、彼はひどく不満である。あっちこちの紳士たちと軽く会釈を交わしたあと、彼はまるで気のなさそうに舞台へ一瞥《いちべつ》をくれ、すぐに背を向けるとあくびをして、こうつぶやいた。

――「もうみんな入れ替っていいころだ。長いことバレエを我慢して来たが、もうディドローも鼻についた。」

舞台ではまだ愛の神《アムール》や悪魔や蛇が跳びはね騒いでいるというのに、玄関わきではまだ疲れ切った従僕たちが毛皮外套《シューバ》にくるまって眠っているのに、観客たちがまだ足を踏み鳴らし鼻をかみ、咳《せき》をしヒスを飛ばし、拍手喝采しているというのに、劇場のなかにも外にも、まだいたるところ角灯があかあかと輝いているのに、まだ馬の群が寒さに凍え、馬具をふりほどこうとあがきつづけ、御者たちが焚火《たきび》を囲んで旦那《だんな》たちを罵《ののし》りながら、寒さ防ぎに手を打ちあわせているというのに、――もうオネーギンは劇場を出て、わが家へ着がえに橇を走らす。

私はここで流行を学ぶ優等生が、取っかえ引っかえ衣服を着がえる奥まった私室の様子を、忠実に描かねばならぬだろうか。あふれるほどの気まぐれをだしに、おしゃれ問屋のロンドンが売りさばき、材木や脂肪と引きかえにバルト海の高波をロシアへ運ぶあらゆる品が、あるいはまた花の都パリの飢えた趣味が、有益な手内職と見込みをつけて、娯楽と奢侈《しゃし》と今をはやりの逸楽のために作り出したあらゆる品が、わが十八歳の哲学者の私室を美々《びび》しく飾り立てていた。

　帝京《コンスタンチノポリス》の琥珀《こはく》のパイプ、テーブルに置かれた陶器やブロンズ像、甘やかされた感覚の楽しみである、切子《きりこ》ガラスの壜《びん》に入った香水、また沢山《たくさん》の櫛《くし》、鋼鉄の爪やすり、まっすぐな、また彎曲《わんきょく》したさまざまな鋏《はさみ》、爪の手入れや歯磨きに使う三十種類ものブラシ。事のついでにひとこと言えば、ジャン＝ジャック・ルソーはなぜ勿体ぶったグリムが、雄弁な変人である自分の前で大胆にも爪の掃除をやったのか、とんと合点が行かなかった。自由と権利の擁護者であるさすがの彼も、場合がこういう事になると、すっかり見当が狂うのである。

　まじめな人であって、同時に爪の美しさを気にかけて悪いはずはない。いたずらに世間と争うことこそ愚劣である。習慣は人の世の暴君なのだ。二代目チャダーエフ*たるわがエヴゲーニイは、嫉妬まじりの非難を恐れながらも、こと服装に関すると変り者で、人呼んで言うイカレポンチであった。毎朝、最低三時間は鏡に向かい、化粧室から出て来ると、軽薄なヴィーナスが男装をして、仮装舞踏会へ繰り出す姿もかくやと思われるほどだった。

最新趣味の化粧について、私は諸君の好奇の眼を慰めたのだから、今度は学識のある人びとに向かって彼の服装を描写する番である。もちろんそれは容易ならぬ大胆不敵な試みなのだが、描写するのが私の仕事だ。そうは言っても、ズボン、フロック、チョッキなどという、そういう言葉がまるでわがロシア語にはないのである。さもなければ――ひらに諸君にお詫《わ》びするのだが、――私の貧しい文章は、ずっと外国語が少なくてすんだはず。もちろん、私は以前アカデミヤ国語辞典をのぞいたことがあるのである。

しかし今の話題は、そんなことにはないのである。それよりも、わがオネーギンが箱馬車に乗ってまっしぐらに駆けつけた舞踏会へ急ぐとしよう。眠たげな街路に沿って二列に並ぶほの暗い家々の前に、箱馬車の角灯が二つずつ嬉々《きき》たる光を注ぎかけ、一面の銀世界に七色の虹《にじ》をかざしている。とある豪華な邸宅が、周囲に一ぱい灯火皿をちりばめてきらきら輝き、一枚ガラスの窓を通して人影が行き来するのが見え、貴婦人やしゃれ者たちの横顔がちらついている。

さて、わが主人公は玄関口へ乗りつける。玄関番を横に見て、彼は矢のように大理石の階段を駆けあがると、片手でちょっと髪のほつれを直して部屋へ入る。広間は人で一ぱいだった。音楽が早くも疲れたように鳴りつづけ、人の群はマズルカに余念がない。あたり一面、騒音と狭苦しさ。——近衛騎兵《このえきへい》の拍車が鳴り、愛らしい令嬢たちの細身の足がひらりと飛び交う。その魅力的な軌跡を追って、燃えるような視線が飛び交い、ヴァイオリンの唸《うな》り声《ごえ》が、流行ずくめの人妻たちのねたましげなささやきをかき消して行く。

そのむかし、歓楽と欲望の日々には、私も舞踏会にうつつを抜かしたものだった。恋の打明けや恋文を手渡すためには、舞踏会ほど確実な場所はない。おお、尊敬すべき世の亭主殿よ、私は諸君に一臂《いっぴ》の力を貸そうというのだ。どうか私の言葉を銘記されたい。ゆめゆめ用心怠《おこた》りあるな。また諸君、世の母君よ、ご令嬢から瞬時も眼をはなし給うな。柄付眼鏡《ロルネット》を油断なく構えておられよ！　さもないと……さもないと、一大事が起こりますぞ！　こんなことを私が書くのは、久しく自分が罪を作らぬためである。

ああ、思えば私はどんなに多くの人生を、さまざまなる慰み事に滅ぼして来たことか。だがもし徳義心が苦しまずにすんだなら、私は今だに舞踏会を愛したことだろう。狂暴な青春や、人混みや、華麗さや、歓楽や、粋をきわめた婦人の衣裳が、私は大好きなのである。また彼女らの足が大好きだ。だがロシア全土を探したとて、はたしてすらりと伸びた女の足が三組とは見つかろうか。ああ、長の年月、私は二本の足を忘れることができなかった！……悲しい冷たい心の奥で、私はたえずその足を思い浮かべ、夢のまにまに胸かき乱されているのである。

いつどこで、どんな荒野の果てに住めば、愚かな男よ、君はあれが忘れられるのか。ああ、足よ、伸びやかな足よ！　そなたは今どこにいる？　どこで春の野花を踏んでいるのか。東方《ひんがし》の安逸にあまえて育ったそなたは、北国の悲しい雪原には足跡ひとつとどめなかった。ふんわりと柔らかい絨毯《じゅうたん》の、豪華な足ざわりだけを、そなたは愛した。そなたゆえに私が、名誉の欲も賞賛も、父祖の国も幽閉の身の切なさも忘れて過ごしたのは、遠い昔のことであろうか。若き日の仕合せはむなしく消えた。若草を踏む、軽やかなそなたの足跡のように。

月の神《ディアーナ》の真白き胸も、花の神《フローラ》の赤い頰も、互いに美しさを競いあう。けれども私には、舞踏の神《テルプシコラア》の白い足が一だんと冴《さ》えて美しい。あの足は、目差に高価な報いを予言しながら、この世ならぬ美しさで我がままな欲望の群を誘い出す。わが友エルヴィナよ、私はあの足が大好きなのだ。――テーブル掛けの長い裾からちらりと見え、春は草場に生い茂る若草を踏み、冬は壁炉《カミン》の鉄枠に憩《いこ》い、鏡とまごう広間の嵌木細工《はめきざいく》の床を踊り、海辺の花崗岩《かこうがん》の崖《がけ》にたたずむあの足が。

嵐の迫るあの海辺を、私は今だに忘れない。狂暴な波のうねりが後から後から打ち寄せて、いとおしげに彼女の足に寄り添うさまを、あの時私はどんなに羨《うらや》んだことだろう。どんなにあの時私は、波にまじって可愛いあの足に口づけしたいと憧れたことか。いや、沸き立つ青春の燃える日々にも、あの時ほどのもだえを胸に、うら若いアルミーダの唇や、ばらのように燃える頬や、悩みに満ちたおとめの胸に口づけしたいと憧れたことは、かつて私は一度もなかった。いや、情熱の激発があの時ほど私の心を引き裂いたことは、かつて一度もなかったのだ！

私はまたこんな時も覚えている。なつかしい空想のなかで、私は仕合せな馬のあぶみを支えながら、おのが手に可愛い足を感じるのだ。するとまたもや想像がふつふつと沸き立ち、またもや足の感触がしなびた胸に血を燃えあがらせ、またもや哀愁が、恋が、……だが、傲慢《ごうまん》な美女をおしゃべりな竪琴《たてごと》でたたえるのはもう沢山だ。彼女たちは、情熱にも、情熱の歌いあげる恋の歌にも価せぬ。まよわしの美女の言葉や目差は、可愛い足と同様に、夢まぼろしに過ぎはせぬ。

だが、オネーギンはどうしているのか。半ば夢路をたどりつつ、彼は舞踏会からわが家の寝床へ帰って来る。ほどなくせわしいペテルブルグは、太鼓の響きに眼をさます。まず商人が店をあけ、物売りが道を行き、辻御者が溜《たま》り場《ば》へ急ぎ、牛乳売りの女が壺《つぼ》を抱《かか》えて小走りに通り、朝の雪が靴《くつ》に踏まれてきしきしきしむ。さわやかな朝の騒ぎが目をさまし、鎧戸《よろいど》ががらがらと開け放たれ、煙突の煙が青く一《ひ》とすじ柱のように立ちのぼり、紙帽子を頭に載せた、寝坊を知らぬドイツ人のパン屋は、もう何回も売り場の窓を客にあけた。

だが、舞踏会のざわめきに酔い痴《し》れた歓楽と奢侈《しゃし》の子は、朝と夜半を取り違えて、幸福なとばりの陰でなおもすやすや眠りつづける。ようやく昼さがり時に目ざめると、またもや単調で花やかな暮らしが、あくる朝まで待ち受けている。明日《あす》は昨日《きのう》、昨日は明日と同じ暮らしだ。だが自由気ままなエヴゲーニイも、花と匂う人生のよき年々に、まばゆい恋の勝利、日ごと夜ごとの快楽に浸って、はたして仕合せだっただろうか。酒宴に身を沈めて、はたして彼は悠長に健康な気持でいたか。

いや、早くから彼の心は冷《さ》めていた。社交界のざわめきにも飽きが来て、美女も長くは彼の思いを捕えなかった。不義の恋も物憂くなった。友人も友情も鼻について来た。

頭痛のする時は、Beef-steak《ビーフ・ステーキ》やストラスブルグ肉饅頭を、シャンパン片手に注ぎ込んだり、辛辣な警句をふりまいたりできるとは限らないのだ。なるほど彼は火のごとき腕白者ではあったものの、喧嘩《けんか》にも、サーベルにも、弾丸にも、ようやく熱を失った。

実はとうの昔に原因をたずねるべきだったのだが、英語でなら spleen《スプリーン》、手っとり早く言うなら《ふさぎの虫》とでも呼ぶような病気が、おいおい彼を侵していたのだ。幸い彼は、ピストル自殺こそしようとは思わなかったが、人生に対してはまるで熱意を失った。Child-Harold《チャイルド・ハロルド》＊そこのけに、陰気な、物憂げな様子をして、彼は客間を訪れた。社交界の陰口も、カルタ遊びも、愛くるしい目差も、思わせぶりなため息も、何ひとつ彼の心を動かさなかった。何ひとつ彼は興味を覚えなかった。

……………………………………＊

社交界の気まぐれな貴婦人たちよ！　彼がまっ先に見捨てたのは君たちだった。それに実際のところ私たちの年輩には、上流社会の雰囲気はかなり退屈なものなのだ。なるほど貴婦人たちのうちには、セーやベンサム＊を論じる人もないではないが、総じて彼女たちの会話と言えば、無邪気じゃあるが鼻もちならぬたわ言ばかり。そのうえ彼女たちはすこぶる清純で、すこぶる威厳にあふれ、聡明で、心から敬虔《けいけん》で、用心ぶかく、四角四面で、男性が近づきにくいのだから、その様子を見ただけでもうspleenが生まれて来る。

それにまた、深夜ペテルブルグの舗石道を、勇ましい四輪馬車で家路をたどる美しいおとめらよ、君たちもエヴゲーニイは捨て去った。荒れ狂う快楽の変節者となったオネーギンは、それなりわが家に閉じこもり、あくびまじりに筆を取りあげ、著述にでもふけろうと思ったが、根気仕事は嫌気がさして、一編たりとも彼の筆からは生まれなかった。血気盛んな連中の仲間には、とうとう彼は入れなかった。いや、あの連中をあげつらうのは差し控えよう、私自身そのひとりなのだから。

こうして無為にむしばまれたオネーギンは、空《うつ》ろな心をもてあましつつ、他人の知恵を我が物にしようという殊勝な目的で、ふたたび机に向かって見た。書棚に本をずらりと並べ、読んで読んで読みまくったが、やっぱり何の役にも立たぬ。退屈と、欺瞞《ぎまん》と、たわ言があるばかり。良心もなければ意義もない。どの本にもさまざまな束縛が透《す》けて見える。昔の本は時代に遅れ、新しい本は昔の幻を追っている。彼は書物も女のように捨ててしまい、書棚に――そのほこりだらけの家族もろとも――琥珀織《こはくおり》の喪布を掛けてしまった。

ちょうどそのころ、私も彼と同様に社交界の制約の重荷を振り捨てて、浮世の騒ぎから身を引いていたから、さっそく彼と親しくなった。私には彼の顔立ちや、生まれついての空想癖や、人まねならぬ奇矯《ききょう》さや、鋭い、冷やかな才知が気に入った。私は毒念のとりこになり、彼は陰気な気持でいた。ふたりながら情熱の遊戯を知り尽し、ふたりながら人生に悩んでいた。ふたりながら胸の炎も燃え尽きて、まだ人生の朝だというのに、盲《めし》いた運命の女神と世人の憎悪の待伏せに出会っていた。

この世に生きてもし思索をした人なら、心の底で世人を軽蔑しないではいられまい。またもし恋の情《なさけ》を知った人なら、返らぬ昔の幻におののき、今はもう魅惑も覚えず、蛇のような執念ぶかい思い出や悔恨にじりじりと心を嚙まれるのが常である。よろずこうした事柄は、多くの場合、話題に非常な魅力を添える。最初、私はオネーギンの言葉に面喰らった。しかしほどなく私は、針を含んだ彼の議論や、苦味のきいた冗談や、毒々しい陰気な警句に慣れて来た。

ネヴァ河のうえに明るい夕空が底知れず抜けあがり、鏡とまごう嬉々たる水面《みのも》にまだ月の女神《ディアーナ》の顔《かんばせ》が宿らぬ夏の宵《よい》に、過ぎし昔のロマンスを思い出し、過ぎし恋を思い出し、ふと感傷に胸せかれてはふたたび静心に立ち返って、ああ、心あたたかい夜の息吹《いぶ》きを、幾夜ふたりで声もなく深々と吸ったことだろう。さながら捕われ人が、ふと結んだ夢のなかで、冷たい牢獄《ひとや》から緑したたる森へ連れ去られるように、私たちも夢想に誘われて、若き命の門先《かどさき》へと運ばれた。

詩人ムラヴィヨーフが歌ったように、悔恨にあふれんばかりの心を抱《いだ》き、花崗岩の石垣に身をもたせかけながら、エヴゲーニイはじっと物思わしげにたたずんでいた。あたりはひっそりと静まり返り、時おり夜番の呼び交わす声が聞こえるばかり。ふと遥《はる》かかなたのミリオンナヤ街から、馬車の蹄《ひづめ》の音がかつかつと響き、また一そうの小舟が櫂《かい》を振りつつ、まどろむ川面《かわも》を静々と渡り、遠いかなたから角笛《つのぶえ》や歌声が流れて私たちを魅惑する。だが、夜の楽しみを味わうなら、タッソオの八行詩の調べにまさる甘美な響きはありえまい！

アドリア海の波しぶきよ、おおブレンタ河よ！　そうだ、私は近ぢか君らに会おう、ふたたび霊感にあふれて、君らの魔法の声に耳傾けよう！　君らの声は、アポロの神の子孫の耳には聖なる声だ。アルビオンの傲慢な竪琴*の調べによって、私は君らの声を知っている。なつかしい声なのだ。時には饒舌《じょうぜつ》な、時には無口な若いヴェネツィヤのおとめと、神秘なゴンドラを浮かべつつ、私は黄金のイタリヤの夜の逸楽を、心ゆくまで満喫しよう。——ヴェネツィヤのおとめと一緒にいれば、この私の唇も、ペトラルカの愛の言葉を学ぶだろう。

だが自由な時は、はたして私を訪れるのか。時よ、来《きた》れ！——私は君を呼び招いている。海辺をさまよい、日和《ひより》を待ちながら、私は船の白帆をさし招いている。嵐の袈裟《けさ》を引っかぶり、山なす怒濤《どとう》と戦いながら、縦横無尽の海の道に、いつ私は自由な疾駆をはじめるのか。今こそ私は敵意に満ちたわびしい岸辺を捨て去って、わがアフリカの空の下、南国の波間にただよいつつ、うす暗いロシアを思ってため息をもらす時ではないか。そこで我が苦しみまた愛し、そこで若い心を葬ったロシアを思って。

オネーギンも私と一緒に、外国をめぐり歩くつもりでいた。だがやがてふたりは、運命の手で長いあいだ引き分けられた。ちょうどそのころ、彼の父が世を去った。貪欲《どんよく》な債権者の群が彼の前に集まって、ひとりひとりが勝手な事を並べあった。エヴゲーニイは訴訟を嫌い、快く運命を受け入れて、遺産を彼らに投げだした。それを彼は大した損とも思わなかったが、あるいはその時、はやくも年老いた叔父の最期を予知していたのか。

やがて突然、ほんとうに彼は執事から、叔父が臨終の床《とこ》に倒れ、彼に別れを告げたがっているという知らせを受けた。悲しい手紙を読みもあえず、エヴゲーニイは今生《こんじょう》の対面に、まっしぐらに駅馬車を走らせた。道みち彼は、金ほしさからため息や退屈や欺瞞に対して覚悟を固めながら、早くもしきりにあくびをしていた(ここから私はこの物語をはじめたのだ)。だが、叔父の持ち村へ駆けつけた時、叔父はもう大地へ捧《ささ》げる供物《くもつ》のように、机のうえへ安置されていた。

屋敷は手伝い人でいっぱいだった。敵も友も、葬式好きな人びとが、四方八方から故人のところへ押し寄せて来た。野辺送りも無事にすんだ。司祭や客たちは、ひとしきり飲んで食べたあと、まるで一《ひ》と仕事終えたように、勿体らしく家路についた。かくてわがオネーギンは田舎《いなか》に住みつき、工場や川や、森や畑の主人になった。それまで秩序の敵であり浪費家だった彼は、とにもかくにも昔の暮らしが変ったことを心底から喜んだ。

二日ばかりは、淋《さび》しい野原や、ほの暗い樫《かし》の木陰の涼しさや、静かな小川のせせらぎが彼には物珍しい気がしたが、三日目にはもう森も丘も野原も彼の心を引かず、それからあとは眠気をさそうだけだった。ほどなく彼は、街路も宮殿もカルタも舞踏会も詩もないというのに、田舎にも同じ倦怠《けんたい》がただよっているのをはっきり知った。ふさぎの虫が彼を見張って待ち構え、影か貞淑な妻のように追いかけて来た。

私は平和な生活や、田舎の静けさを楽しむように生まれついている。僻陬《へきすう》の地にあってこそ、竪琴の音《ね》はいよいよ冴え、創造の夢は一そう生気を帯びるのだ。汚れなき暇に身を捧げつつ、私は淋しい湖畔をひとりさまよう。far niente〔無為〕こそわが掟《おきて》だ。朝ごとに、あまい逸楽と自由のために眼をさまし、読書よりは熟睡《うまい》をむさぼり、はかない栄誉をやり過ごす。過ぎし昔に私はこうして、わが生涯の最良の日々を無為のうちに、涼しい木陰で過ごさなかったか。

花よ、恋よ、田舎よ、無為よ、野原よ！　私は心から君らに惚《ほ》れ込んでいる。私とオネーギンを距《へだ》てるこうした相異に、私は気づくたびに嬉《うれ》しく思う。なぜかと言うに、嘲笑《ちょうしょう》好きな読者だの、あるいは故意の誹謗《ひぼう》のふれ役が、私の姿と比べあわせて臆面もなく、あれは傲慢の詩人バイロンと同様に自分の肖像を書いただけだと吹聴するのを避けるためだ。まるでわれわれ詩人の筆が、自分以外の人物を書けぬと決め込んでいるかのように。

ついでに一とこと言っておけば、すべて詩人は空想的な恋の親友なのである。よく私は可愛い女性を夢に見て、その秘かな姿を胸にそっと畳んでおくと、あとから詩神《ミューズ》がその姿をよみがえらせてくれたものだ。こうして私はわが理想たる山のおとめも、サルギル河畔の女囚のことも、至極のんきに歌って来た。ところが近ごろ私はよく、諸君から質問を受けることがある。――「一体君の竪琴は、誰を慕ってむせび泣くのか。嫉妬ぶかいおとめの群の、誰に君はあの竪琴の調べを捧げたのか。誰の瞳が、霊感をかき立てながら君の物思わしげな歌の音《ね》に、いじらしい愛撫をもって報いたのか。誰を君の詩はたたえたのか。」

友よ、誓って私は誰も歌いはしないのだ。恋の狂気の戦慄《せんりつ》を、慰めもなく私は味わった。ああ、恋と詩の熱情を結びあわせた人は仕合せだ。彼はペトラルカの後を追いつつ、詩の聖なる恍惚《こうこつ》を倍加して、胸の苦悶《くもん》をおし静め、一方、栄誉をも手に入れる。だが私は恋をすると、唖《おし》でつんぼになってしまった。

恋のあらしが吹き過ぎると、はじめて詩神《ミューズ》が姿を見せ、暗い知恵がようやく晴れる。私はやっと自由に返り、ふたたび魔法の韻律と感情と思想の結合を求めはじめる。はればれと私は筆を走らす。私の筆はもう書きさしの詩句の横に、我を忘れて女の足や顔を書くこともない。火の消えた灰はもうめらめらと燃えあがらず、私はなおも憂いに沈んではいるものの、はや涙は涸《か》れつきて、心を揺すぶったさしもの嵐も、またたくうちに静まって行く。私が二十五章の長い叙事詩の筆を取るのは、その時だ。

そのころまでに私は、詩の構成や主人公の名前を考える。こうして私はこの小説の第一章を書き終えた。厳密に読み返すと、多くの矛盾が目につくが、今さら訂正する気は起こらない。検閲官に負債を返し、ジャーナリストの食い物に、私は労苦の果実を与えよう。わが新作よ、ネヴァ河の河畔の町へ飛んで行け。栄誉の貢物を——曲解や、喧騒や、罵倒を、私のためにもらって来い！

（一八二三年、キシニョーフ、オデッサにて）

第二章　詩　人

O rus!...
Hor.
O Русь!*

エヴゲーニイが退屈な日々を送っていた村は、うるわしい土地であった。清らかな愉《ゆ》楽《らく》の友ならば、そこに暮らして天を祝福できたに違いない。ひそやかな地主屋敷は、風をさえぎる峨々《がが》たる山を背に負って、小川のほとりに立っていた。前方には花咲く草場や黄金色《こがねいろ》の畑がはるばると打ち展《ひら》け、そこここに部落がちらばり、家畜の群がのどかに草場を歩み、打ち捨てられた広い庭が、うっそうたる木陰を広げ、物思わしげな木の精《ドリュアス》の隠れ家を作っていた。

広い館《やかた》は、地主屋敷の例にもれず、聡明《そうめい》な昔の趣味をそのままに堅牢無比に建てられていた。いたる所に天井の高い部屋が立ち並び、客間にはどんすの壁布が貼りめぐらされ、歴代の皇帝の肖像を掛け並べ、暖炉は色とりどりの煉瓦《れんが》で畳まれていた。なぜか知らぬが、こうした趣向はすべて今では時代おくれになっているが、エヴゲーニイはさらさら頓着しなかった。流行のまばゆい広間に遊んでも、古風な広間に暮らしても、彼は同じようにあくびを洩《も》らした。

エヴゲーニイが居室に選んだのは、田舎《いなか》暮らしの老人が四十年もの長いあいだ、女中頭《がしら》を怒鳴ったり、窓を眺めてはえを押しつぶした部屋だった。そこはすべてが質素を誇っていて、樫《かし》の床に戸棚が二つ、その他テーブルと鳥の羽の長椅子《ながいす》があるだけで、どこにも汚点《しみ》ひとつ見あたらなかった。オネーギンは戸棚の蓋《ふた》を開けて見た。一方の戸棚には支払帳が収められ、もう一つには果実酒の罎《びん》がずらりと並び、他にりんご液の入った壺《つぼ》と、一八〇八年の暦《こよみ》があった。老人は仕事にかまけて、その他の書物をのぞかなかった。

ただひとり持ち村に住み着くと、最初エヴゲーニイは、ただ時間をまぎらしたいばっかりに、新制度を敷こうと思案しはじめた。僻地《へきち》に住んだ孤独な賢者は、古《いにしえ》ぶりの重い労力奉仕を、軽い小作料に改革した。農奴たちは運命を祝福したが、打算的な隣り村の地主は、この改革に恐ろしい害毒をかぎつけて、自分の村で頬をふくらました。またある地主は狡猾《こうかつ》そうににたりと笑った。そしてみんな異口同音《いくどうおん》に、あれは危険な変人だと決めてしまった。

はじめのうちこそ隣人たちは彼の屋敷を訪ねたが、やがてこの変人が、来客の馬車の蹄《ひづめ》の音を街道ぞいに聞きつけるが早いか、ドン産の牡馬をそっと裏口へ出させてわが家を抜け出すものだから、そうした態度に腹を立てて、みんな交際を断ってしまった。「今度の地主は礼儀知らずで気違いだ、危険な自由思想家でもある。コップで赤ぶどう酒を飲んでばかりいて、婦人の手にもキスをせず、《そうだ》、《違う》と言うだけで、《そうです》、《違います》とは決して言わない」——これがあたりの声であった。

ちょうどそのころ、もうひとりの新しい地主が自分の持ち村へ帰って来て、同様に近在の村々で厳しい非難の的《まと》になっていた。名をヴラヂーミル・レンスキイと言う、ゲッチンゲン精神に徹した男盛りの美丈夫で、カントの崇拝者、詩人である。霧立ちけぶるドイツから、彼は学びの果実をたずさえて来た。——自由好みの夢想癖と、燃えるがごときかなり奇妙な精神と、たえず歓喜にひたった言葉と、肩に垂れる漆黒《しっこく》のちぢれ髪とである。

彼の柔らかい魂は、まだ冷やかな社交界の淫靡《いんび》の風にしなびておらず、友の挨拶《あいさつ》、おとめの優しさを受けるたびに暖まった。色恋の道にまだ不案内な青年は、前途にかすむ希望にはぐくまれ、世間の新しい輝きや騒がしさに、まだ若い知恵を誘われた。胸に巣喰う疑惑の影を、あまい夢想で慰めてもいた。われわれの生の目的は、彼にとっては誘惑的な謎《なぞ》であり、その謎を解こうと彼は頭をくだきつつ、奇蹟《きせき》の出現を当てにしていた。

彼は相手が懐かしいひとならば、必ず自分と一緒になるべきであり、そのひとは憂《うれ》いに沈みながら毎日自分の帰りを待っていると信じていた。また彼は、自分の名誉のためならば、必ず親友があらゆる軛《くびき》を引き受けてくれ、誹謗者《ひぼうしゃ》の容器を打ち砕いてくれると信じていた。またこの世には運命に選ばれた人びと、人類の聖なる友がいて、彼らの不死の一族が、いつの日か消えぬ光でわれわれを照らし出し、この世に至福を授けてくれると信じていた。

早くから彼の心のなかでは、憤怒《ふんぬ》や、後悔や、善に対する清らかな愛や、栄誉のあまい悩みが、血潮をわき立たせていた。青年は竪琴《たてごと》を抱いて遍歴の旅にのぼり、シラーとゲーテの国で彼らの詩の炎に胸を燃やした。そして仕合せ者の彼は、栄《はえ》ある詩神《ミューズ》の芸術を辱《はずか》しめなかった。――歌のなかでいつも、けだかい感情や、純潔な夢想のほとばしりや、厳粛な素朴さのうるわしさを誇り高く堅持していたのである。

彼は恋に心をゆだねつつ恋を歌ったが、彼の恋歌は純心なおとめの思いのように、おさな児《ご》の夢のように、静かなさびしい夜空に皓々《こうこう》と照り渡る、神秘とあまいため息の女神である月のように澄み切っていた。彼はまた、別離や悲しみや、曰《いわ》く言いがたい事柄や、霧にかすむかなたや、浪漫的なばらの花を歌い、また静けさに抱かれて熱い涙をはらはらと流した遥《はる》けき里も歌った。まだ十八歳にもならぬ身で、人生のしおれた花さえ歌った。

彼はエヴゲーニイのほか誰ひとり才能を認めてくれぬ片田舎に暮らして、隣り村の地主たちのひらく宴会を嫌い、騒々しい彼らの座談をつとめて避けた。乾草刈りや、ぶどう酒や、猟犬や、身内の人びとについての彼らの常識的な会話が、感情のひらめきも、詩的な炎も、機知も、知恵も、社交の術《すべ》も伝えないのは当然だが、彼らの愛くるしい細君たちの会話までが、すこぶる低級だったのである。

裕福で美男子のレンスキイは、至るところで娘の婿《むこ》にと所望された。それが田舎の習慣である。誰も彼もが自分の娘をこの外国かぶれの隣人に妻《めあ》わせたがった。顔さえ見れば、すぐにそれとなく独身生活のわびしさを話題にする。青年をお茶に呼んでは、娘のドゥーニャがお茶を運ぶ前に、「ドゥーニャ、うまくおやりよ!」とささやく。やがてギタアが運ばれると、娘は黄色い声を張りあげて、「黄金づくりの私の館へ来てたもれ！……*」と歌う（ああ、やり切れぬ！）。

けれどもレンスキイは、もちろん結婚のくびきを受ける気持はさらになく、ひたすらにオネーギンと一そう親交を結びたいと望んでいた。ふたりは波と岩、詩と散文、水と炎ほど気質を異にしていたが、案外ぴったりと気が合った。最初ふたりは、あまりの気質の相異から互いに退屈な気がしたが、ほどなくあいてが気に入って、それからは毎日馬で行き来をし、やがて離れがたい友となった。こんなふうに人びとは、まず私自身ざんげするが、退屈しのぎに親友になる。

　しかし今日のわれわれの間には、そういう友情は見られない。あらゆる偏見を打破しながら、われわれは他人をすべてゼロと考え、自分だけが価値のある単位だと思っている。誰も彼もがナポレオンを気取り、数百万もの二足獣を道具に過ぎぬと見くびっている。他人の感情など知っちゃいない。そういう多くの連中に比べれば、エヴゲーニイはまだましだった。もちろん彼は世間の人びとを知りつくし、概して彼らを軽蔑してはいたものの、例外のない規則はありえぬ譬《たと》え、――時には他人に好意を抱《いだ》き、よそながら他人の気持を尊重してもいた。

微笑を浮かべつつ、彼はレンスキイの話に耳を傾けた。詩人の燃える会話、まだ何かと動揺しがちな知恵、いつも興奮している目差《まなざし》、――すべてがオネーギンには目新しかった。彼は冷やかな言葉を口にすまいと努め、心の中でこう思っていた。――『束《つか》の間《ま》の彼の幸福を邪魔するのは愚かなことだ。僕が言わずとも、時が訪れよう。さしあたってはせいぜい楽しく、世界の完成を信じているがいい。若い熱情も若いうわ言も、若き日々の熱病と見のがそう。』

ふたりのあいだでは、一切が論争を生み、思索の種《たね》となった。過去の種族同士の条約、学問の成果、善悪、永遠の偏見、来世の宿命的な秘密、運命とめぐり来る生命、――すべてが彼らの批判を受けた。詩人は議論に熱中すると、我を忘れて北国の叙事詩の一節を朗誦《ろうしょう》した。すると寛容なエヴゲーニイは、よくはわからぬながら、熱心に耳を傾けた。

しかし何が最もたびたびふたりの隠者の知恵を捕えたかと言うなら、それは恋であった。物狂おしい情熱の力から逃《のが》れたオネーギンは、我知らず後悔のため息を洩らしつつ、恋の話を物語った。ああ、泡立つ情熱を身に沁《し》みて知り、ついにそれから逃れ出た人は仕合せである。いや、いっそ恋の激情を知らずに過ごした人、胸の思いを別離で冷やし、憎悪を毒舌で冷やした人は仕合せである。嫉妬《しっと》の苦悶《くもん》にいらだつこともなく、親友や妻にまじって時おりあくびを洩らす人、祖先ゆずりの大事な財産を狡猾な一枚のカルタにゆだねなかった人は、仕合せである。

思慮ぶかい平静さの旗に縋《すが》ったつもりでいる時でも、今はもう情熱の炎も燃え尽きて、あれほど苦心して静めた情熱の気まぐれや、激発や、遅ればせの反響などが我ながら滑稽に思われる時になっても、われわれはふと他人《ひと》の情熱の物狂おしい言葉に好んで聞きほれ、知らぬまに心がむずむず動き出すのを感じることがある。まるで賤《しず》が家《や》に打ち捨てられた老廃兵が、年若いひげの勇士の手柄話に、一心ふらんに聞き入るように。

一方、めらめらと燃える青春は、何ひとつ包み隠しができないもので、憎悪も恋も、悲しみも喜びも、洗いざらいしゃべらずにはいられない。恋の廃兵をもって任ずるオネーギンは、詩人が胸の告白を好んで打ち明ける打明け話を、勿体《もったい》ぶって聞いていた。詩人は疑いを知らぬ良心を正直に打ち明けて見せた。若々しい恋の話や、われわれには珍しくもない感情にあふれた物語を、エヴゲーニイは何の苦もなく聞き知った。

ああ、詩人は、今日もうついぞ見られぬ恋をしていた。それは詩人の狂気の魂だけが、今だに恋せねばならぬ恋である。いついかなるところにいても、同じ思い、同じ憧れ、同じ変らぬ悲しみに明け暮れる恋である！　恋を冷ます幾万里も、長の年月の別離も、詩神《ミューズ》に捧《ささ》げた時間も、異国のさまざまな美も、歓楽のどよめきも学問も、純潔な炎に燃える彼の心を変えなかった。

まだ少年のころから、オリガに魅せられていた彼は、胸の悩みは知らないながら、少女らしい彼女の楽しみをうっとりと見つめていた。守護者然たる樫の木陰で、彼は少女と楽しみを分ちあい、隣り同士の父親たちは、そうしたふたりを末は夫婦とちぎりあった。草深い静かな田舎に育った彼女は、汚《けが》れを知らぬ美しさに満ち、親の欲目で見ると、深い草むらのなかで蜜蜂《みつばち》にも蝶《ちょう》にも知られずにそっと咲く、すずらんの花のように思われた。

オリガは詩人に若々しい歓喜の最初の夢を贈り、彼女を慕う思いが詩人の芦笛《あしぶえ》に最初の響きを吹き入れた。さらば、黄金《こがね》の遊戯よ！　今や詩人はひたすらに深い森や、独《ひと》り居《い》の淋《さび》しさや、静寂や、夜や、星や、月を愛《め》でた。ああ、夜空を照らす灯火《ともしび》であるあの月に、われわれもそのかみ夕闇《ゆうやみ》まぎれの散策や、涙や、人知れぬ苦悩の愉楽を捧げたものだ。……だが今は、月と見ればただほの白い角灯を思うばかりである。

いつ見ても彼女は慎《つつ》ましやかで従順で、あけぼののように朗らかで、詩人の命のように純朴で、恋人のキスのように可愛いかった。空のように青い眼、福々しい微笑、亜麻《あま》色《いろ》の巻き毛、上品な物腰や声、軽やかな体つき、――すべてが彼女には備わっていた。……しかし小説を手あたりしだい開いて見れば、まず彼女ぐらいの肖像は間違いなく見つけられよう。すこぶる可愛い絵姿である。私も以前はそうした美女を愛したが、今ではすっかり鼻についた。読者よ、ここで彼女の姉に筆を移すのを許されたい。

彼女の姉は名をタチヤーナと呼ばれていた。……まず最初にこんな名前で、勝手ながらこの小説のあまいページを浄《きよ》めよう。実際、何たることか。この名前は快い、響きの高い名前なのに、ロシアの古代《いにしえ》か女中部屋の記憶と切っても切れぬ縁がある。ロシア人なら誰もが認めないではいられまいが、一体わが国の今日の名前は(詩のことは言うに及ばず)、すこぶる趣味に乏しいのだ。文明開化は一こうにロシア人の身につかず、その折角の余沢《よたく》と言えば、たった一つ気取りに過ぎぬ。

さて、彼女は名をタチヤーナと呼ばれていた。あでやかさと言い、紅《くれない》さす頬のみずみずしさと言い、彼女は妹ほどに目をそばだたせる容色を持たなかった。人づきあいが悪く、打ち沈んで口数とぼしく、森を行く牝鹿《めじか》のように臆病で、わが家に居ながらよその娘のように見えた。父にも母にもあまえる術を知らず、幼いころから他の子供と飛んだり跳《は》ねたりするのが嫌いで、たいてい日がな一んち黙々と窓辺にすわって過ごしていた。

まだ揺籠《ゆりかご》の日々からの幼なじみである瞑想癖《めいそうへき》が、彼女のつれづれな田舎暮らしをさまざまな夢想で飾り立てていた。きゃしゃな指先は縫い針を知らず、また彼女が刺繡台《ししゅうだい》に身を屈《かが》めて、麻布を絹の模様でよみがえらせることもなかった。支配欲の兆候でもあろうか、子供のころに女性はふつう、従順な人形をあいてに礼儀作法や社交界の掟《おきて》をたわむれのうちに覚え込み、勿体ぶった顔つきで母親の教訓を人形に復習して見せるものである。

ところが、そういう年ごろにも、タチヤーナは人形を手に取らず、町の噂《うわさ》や流行の話を人形あいてに話すこともなかった。また子供らしい悪戯《いたずら》も彼女にはなじみが薄く、むしろ冬の闇夜に聞く恐ろしい物語に心を引かれた。乳母がオリガのために大勢の幼い遊び友だちを広い草場に集めた時も、彼女は鬼ごっこの仲間に入らず、子供たちの甲高い笑い声も嬉々《きき》としたはしゃぎ声も詰まらなそうに聞いていた。

彼女はひとりバルコニイに立って日の出を待つのが好きだった。やがて青白い地平線に星の輪舞が消えて行き、大地の端が静かに白《しら》みはじめると、朝を告げる風がさっと吹き渡り、静々と日が昇って来る。また夜の影が北半球を長くおおい、なまけ者の東天《しののめ》が、霧にけぶる月明りを受けつつ、のんきな静けさに包まれて熟睡《うまい》をむさぼる冬の朝も、彼女はいつもの時刻に眼をさまし、ろうそくの光を頼って床《とこ》を起き出た。

彼女は早くから小説に親しんだ。小説があらゆるものの代りをつとめた。リチャードソン*の作り話にも、ルソーの虚構にも、彼女は夢中になった。彼女の父は、前世紀の遺物たる好漢だったが、さすがに書物を有害だとは思わず、自分では一度も読書にふけらなかったものの、書物を単なる玩具《おもちゃ》と考え、娘の枕の下でどんな秘密の本が朝までまどろんでいるかを、一こう気にかけなかった。一方、彼の妻はリチャードソンに狂喜していた。

妻がリチャードソンを好《す》いたのは、彼の本を読んだからでも、グランディソンがロヴラスよりも気に入ったからでもさらさらなく、昔モスクワの従姉《いとこ》である公爵令嬢アリーナが、しきりにその名を口にしていたからである。そのころ、夫はまだ婚約者だったが、彼女には不本意な相手だった。彼女は知恵も心もずっと気に入っていた別の青年を、心ひそかに慕っていた。このグランディソンは大変な洒落者《しやれもの》で、賭博者《とばくしや》で、近衛《このえ》の軍曹《ぐんそう》だったのである。

この洒落者と同様に、そのころ彼女は、いつも流行の似合いの衣裳を着飾っていた。ところが両親は、娘の気持を打診もせずに、華燭《かしよく》の典を挙げさせた。彼女の悲しみをまぎらすために、思慮深い夫は早々に田舎の領地へ住いを変えた。見知らぬ人びとに囲まれた新妻は、最初、身もだえて泣き悲しみ、すんでに離婚しそうになったものの、やがて家事を手がけて慣れ、おいおい満足しはじめた。習慣は天からの授り物で、幸福の代用となるのである。

習慣が、何物をもってても消しがたい悲しみをまぎらした。やがてある大発見が、彼女の心をすっかり静めた。仕事と暇のあいまあいまに、彼女は独裁的に夫をあやつる秘密を見出し、その時以来、何もかもがうまく行った。馬車で畑を駆けまわる、冬に備えてきのこを漬《つ》ける、支出をあずかる、不届きな小作人の額《ひたい》を剃《そ》って兵隊に出す、土曜日ごとに蒸風呂《むしぶろ》に入る、腹立ちまぎれに女中を打つ、——こうしたすべてを、夫に相談せずにやってのけた。

以前彼女は、優しいおとめのアルバムに血で署名をしたり、プラスコーヴィヤという名をフランス風にポリーヌと呼んだり、歌うように話したり、ひどく窮屈なコルセットを締めたり、ロシア語のH《エヌ》をフランス語のNのように鼻音で発音したりした。しかしほどなくそうしたことをすっかりやめた。コルセットも、アルバムも、公爵令嬢ポリーヌも、感傷的な詩を書き入れた手帖《てちょう》も忘れ、以前セリーヌと呼んだ女中をアクーリカと呼び、あげくの果てにはガウンや夜帽《ナイトキャップ》を普通の綿入れに改めた。

一方、夫は心から彼女を愛していたから、妻の新機軸には口をはさまず、万事につけてのんきに彼女を信じ込み、自分は部屋着にくるまって、無為徒食の暮らしを送った。彼の生活は穏やかにめぐって行った。宵《よい》の口には時どき隣り村の善良な家族が訪ねて来て、気がねのない親しい間柄のこととて、愚痴《ぐち》をこぼしたり、毒舌を放ったり、何やかや嬉々と笑い声をあげたりした。そうするうちにも時がたち、やがてオリガにお茶のしたくが言いつけられ、夜食が出て、就寝の時刻が迫り、客たちの馬車が屋敷を出る。

平和な生活のうちに、一家はなつかしい往時《いにしえ》の習慣を保っていた。肉料理の出る謝肉祭には、昔ながらのブリン（薄いパンケーキ）を焼き、年に二回精進《しょうじん》をした。また回転ぶらんこや、皿占いの歌や、輪舞を愛し、村人たちがあくびまじりに祈禱《きとう》を聞く三位一体祭には、束ねたせりを見つめながら、感激の涙を三つぶほど落とした。また空気のようにクワス（清涼飲料）を必要とし、来客を混じえての食事の時には、官等の順序に皿を配った。

こうして夫婦は年取って行った。ついにある日、夫の前に棺《ひつぎ》の扉が開かれて、新しい栄冠を彼は受けた。隣人たち、ふたりの娘、どこの妻よりも貞淑で素直なわが妻の涙に見送られて、午後の一時に夫は最後の息を引き取った。彼は純朴な、善良な地主だった。

今その遺骨の横たわっているところには、墓碑が建ってこう語っている。――「神の下僕《しもべ》にて旅団長たりし謙抑《けんよく》なる罪人ドミートリイ・ラーリン、この墓石の下に安眠す。」

久しぶりにわが家へ帰ったヴラヂーミル・レンスキイは、隣人のつつましい墓碑を訪ね、今は亡き人にため息を捧げた。詩人の心は長いあいだ悲しみに打ち沈んだ。「Poor Yorick《かわいそうなヨーリク》!」*――淋しく彼はつぶやいた。「昔この人はよく僕を抱いてくれたっけ。子供の時分、僕はよくこの人のオチャコフ戦*の勲章で遊んだっけ。この人はオリガを僕の妻にするつもりで、『わしはその日まで寿命があるかな……』とよく言ったものだ。……」ヴラヂーミルは、心からの悲しみにあふれて、その場で哀悼の詩を書きあげた。

そこはまた彼が、悲しい碑文を彫り刻んで、昔かたぎの父母のむくろを涙ながらに葬った墓地でもあった。……ああ、いのちの畦《あぜ》に束の間の、実りを残して人は代々《よよ》、ひそかな神の摂理によって、生まれ出て、成熟しては滅び去る。一代《ひとよ》一代《ひとよ》、とだえぬ流れ……。かくて果かないわれらが種族は、生い立ち、揺らぎ、わき立ちながら、ついに先祖の墓へとひしめく。やがては、やがては、私たちも時が来て、孫の代からつつがなく、この世を追われる悲しい運命《さだめ》!

けれどもまあ、差しあたっては、わが友よ、この浮薄な人の世を楽しむがいい! そのむなしさが骨身にこたえて、私は今さらこの世に未練は持たぬ。さまざまな幻に、私は瞼《まぶた》を閉じた。だが、ふと遠い希望が心をさわがす時があって、――あるかなきかの跡をも止《とど》めず、私はこの世を去るのがわびしくなる。誉《ほま》れほしさに、私は生きて詩を書くのではさらさらないが、それでも私は自分が真摯《しんし》な親友だったことを、せめて一行の詩ででも思い出してもらうために、自分の悲しい運命を祝いたい。

いつの日か、私の詩に心打たれる人もあろう。私の手になる一聯《いちれん》の詩が、運命に守られて、忘却の川に沈まぬこともあるかも知れぬ。あるいは(虫のいい希望ではあるが)、後の世の無学な男が私の高名な肖像を指さして、これこそまことの詩人だったと言うかも知れぬ。おお、平和な詩の女神らの崇拝者よ、私の感謝を受けてくれ。君の記憶こそ、飛び散りやすい私の作品を保存し、君の情あつい手こそ、年老いし者の月桂冠を浄めてくれよう!

(一八二四年、オデッサにて)

第三章　令　嬢

Elle était fille, elle était amoureuse.

Malfilâtre

＊

「どこへ行くのだ？　実際、詩人には困ったものだ！」

「失敬、オネーギン、僕は行かなきゃならない。」

「別に引き止めはしない。だが、一体君は、どこで毎晩過ごしているのだ？」

「ラーリン家でさ。」

「そいつはお楽しみだ。冗談じゃない。君は毎晩あそこで過ごして気が滅入《めい》らないのか？」

「ちっとも。」

「わからんなあ。端《はた》から見たって、おおよそ見当はつく。まず第一に(僕が間違っているかどうか聞いてくれ給え)、あれは素朴な、いかにもロシア的な家庭で、一生けんめい客をもてなすが、いつもジャムと、雨や亜麻《あま》や家畜小屋の話ばかりだ。……」

「僕はそれで結構なのさ。」

「いや、問題は退屈というやつだよ。」

「僕は君らの流行社会を憎悪している。僕には家庭的な集まりのほうが親しめる。そこでなら僕も……」

「また牧歌趣味か！　いや、もう沢山《たくさん》だ。やめてくれ。じゃ君は行くんだな。すこぶる残念だ。ああ、時にレンスキイ、君のそのフィルリダ（古代の牧歌の女主人公）を、一《ひ》と目《め》僕に見せちゃくれまいか、君の思想と筆と涙とリズムと et cetera《エト・セトラ》〔など〕の対象を。紹介してくれよ。」

「冗談だろう。」

「まじめな話だ。」

「じゃ喜んで。」

「いつ？」

「これからでもいい。大喜びで迎えてくれるさ。さあ行こう。」

ふたりの友は馬車を駆って乗りつけた。時にはうるさいほどの、客好きな昔風の歓待が、惜しみなくふりまかれた。型通りのもてなしで、まず小皿にジャムが運ばれ、つづいてこけももの果汁の入った蠟引《ろうび》きの壺《つぼ》がテーブルに置かれる。＊……………………

……………………やがてふたりの友は、一ばん近い道を選んで、全速力で家路をたどった。一つ、わが主人公たちの会話を立ち聞きしてみよう。——

「オネーギン、君はあくびをしているじゃないか。」

「癖なのさ。」

「しかし君はいつもより退屈そうだね。」

「なあに、同じさ。それはそうと、もう野道は暗い。さあ急げ、アンドリューシカ、早くやれ！　実際なんて馬鹿げた土地だ！　時にラーリナ夫人は、単純だがなかなか愛敬のある婆さんだな。ただ、あのこけもの果汁が腹に障《さわ》らないかと心配だ。で、どっちがタチヤーナだっけ？」

「スヴェトラーナ＊のように悲しげで、口数が少なくて、入って来るなり窓ぎわにすわったほうさ。」

「君は本当に妹のほうに恋しているのか。」

「どうして?」

「僕が君みたいに詩人だったら、姉さんのほうを選ぶな。オリガの顔には命がない。ヴァン・ダイクのマドンナそっくりだ。あの馬鹿げた地平線に浮かんだ、あの間抜けな月のように、まん丸い、真っ赤な顔をしている。」

ヴラヂーミルは気のない返事をすると、それなりずっと黙ってしまった。

一方、オネーギンの出現は、ラーリン家のすべての人に少なからぬ印象を与え、隣人たち全部の注意を引いた。あれやこれやと推測が推測を生んで広まり、誰も彼もがこっそりと噂《うわさ》をはじめ、軽口を叩いたり、罪な想像をめぐらしたり、あれはタチヤーナの花《はな》婿《むこ》だと決めたりした。なかには、縁談はもうまとまっていながら、流行の指輪が届かないために延びているのだと、まことしやかに言い切る人たちまでいた。レンスキイの結婚話は、彼らの間では、とうの昔に織り込みずみであった。

タチヤーナはこうした世間のあらぬ噂を腹立たしげに聞いていたが、心の奥では言うに言われぬ喜びを覚えつつ、我知らずそのことを考えていた。恋慕《れんぼ》の情がはじめて胸に影を落とした。ついに時がめぐって来て、彼女も恋をしたのである。まるで大地にこぼれた種《たね》が、春のぬくもりに芽ぐむように。以前から彼女の想像は、安逸と哀愁にめらめらと燃えあがりながら、運命の糧《かて》に飢えていた。以前から心の悩みが、ういういしい胸を締めつけていた。魂が……誰かしらを待ち受けていた。

今こそ待ったかいがあった。眼は豁然《かつぜん》と開かれた。「これこそ、その人なのだ！」思わず彼女はこう叫んだ。ああ、今や昼も夜も、独り寝の熱い眠りの間《ま》も、たえず彼の面影がみなぎっていた。何もかもが絶え間なく魔法の力で彼のことを、可愛いおとめにささやいていた。母親の優しい言葉の響きも、かいがいしい小間使たちの目差《まなざし》も、彼女にはうるさかった。憂《うれ》いに沈んだ彼女には、来客の言葉も耳に入らず、彼らの暇や、不意の訪問や、いつ帰るとも知れぬ長居を、呪《のろ》わないではいられなかった。

今や彼女は、あふれるほどの注意を払って甘い小説をむさぼり読み、はち切れるほどの魅惑を感じながら蠱惑的《こわくてき》な虚構をむさぼり飲んだ。空想の幸《さち》多き力で息吹《いぶ》きを与えられた人物たち――ジュリイ・ヴォルマール*の恋人も、マレク＝アデルも、ド・リナールも、狂恋の受難者ウェルテルも、われわれの眠気を誘う比類なきグランディソンも、――あらゆる小説の主人公が、夢見るおとめの眼にはただ一つの姿と映り、ただひとりオネーギンの姿に溶け入った。

*

クラリッサ、ジュリイ、デルフィンなど、大好きな作家のヒロインに自分を見立てながら、タチヤーナはただひとり森の静けさの中を、危険な本を抱いてさまよい歩いた。その本のなかに彼女は、自分の秘かな熱情や、夢想や、胸いっぱいの恋の果実を探して見つけ、ほっとため息をつき、ひとの喜びや悲しみをわが喜びわが悲しみと思いつつ、われを忘れて最愛の主人公へあてた手紙をそらでささやく。……だが、わが主人公は、たといいかなる男であれ、グランディソンでないことだけは確かである。

むかしの熱烈な作家は、荘重な文体を工夫しながら、主人公を完全さの見本として読者に見せるのが常であった。彼はいつも不当な迫害を受ける最愛の人物に、繊細な魂と知恵と魅力的な容貌《ようぼう》を授ける。すると、常に感激家の主人公は、比類なき清らかな恋の熱情を抱きつつ自己犠牲の覚悟を示し、そうして終章の結末に至ると、常に悪が罰を受け、善が栄冠を得たものだ。

ところが今はすべての知恵が霧にかすみ、モラルはわれわれの眠気を誘うばかり。小説のなかでも悪が好まれ、悪が堂々の凱歌《がいか》をあげる。ブリタニヤの詩神《ミューズ》の作り話がおとめの夢をかき乱し、物思わしげなヴァムピール＊や、陰気なさすらい人メルモスや、永遠のユダヤ人や、コルサールや、神変不可思議なズボガールが、おとめの偶像になって来た。バイロン卿は、巧みな気まぐれで、絶望的なエゴイズムにまで物悲しいロマンチズムの衣を着せた。

だが、わが友よ、そんなことに何の意味があろう。もしかすると私は、天帝の御心《みこころ》によって詩人たることをやめ、新しい悪魔に乗り移られて、アポロの神の威嚇《いかく》ものかは、つつましい散文に身を落とすかも知れぬ。そうなれば、古《いにしえ》ぶりの小説が、晴れやかなわが落日を色どろう。悪行のひそかな苦悶《くもん》の、おどろおどろしい描写はさらりとやめて、私はただロシアの家庭の言い伝えや、恋の誘惑的な夢や、わが往時《いにしえ》の風俗を諸君に物語ろう。

年老いた父か叔父《おじ》の素朴な言葉、古い菩提樹《ぼだいじゅ》の木陰や小川のほとりで落ちあうその子供らのあいびきを、私は物語ろう。不仕合せな嫉妬《しっと》の苦悩、別離、和解の涙を物語り、もう一度悶着を起こさせて、それから最後に晴れて華燭《かしょく》の典を挙げさせよう。……今はもう絶えて久しい事ながら、遠い昔あるうるわしい恋人の足下に突っ伏した時、覚えず私の口をついて出た情熱あふれる陶酔の言葉を、ひたぶるな恋の言葉を、私は思い起こそう。

おお、タチヤーナ、いとしいタチヤーナ！　私は今お前とともに泣き濡《ぬ》れている。お前はすでにおのが運命《さだめ》を、今をはやりの暴君の手にゆだねてしまった。むざんにお前は滅び去ろう。それなのにお前は破滅を前に、まばゆい希望にときめきながら、暗々たる至福を呼んでいる。生の陶酔にあこがれている。欲望の魔法の毒を飲んでいる。さまざまな夢想に急《せ》かれつつ、至るところに仕合せなあいびきの隠れ家を思い描いている。お前の行く手には至るところに、宿命の誘惑者が待ち伏せているのだ。

身も細る恋しさに追い立てられて、タチヤーナはひとり淋《さび》しく庭へ向かうが、突然じっと眼を伏せるなり、もう一歩も踏み出す気力がなくなる。胸がどきどき鳴り、頬がぱっと赤く燃え、息が喉《のど》につかえ、耳ががんがん鳴り、眼がぎらぎら輝いて来る。……やがて夜が訪れると、遥《はる》かな夜空の丸天井を、月が巡邏兵《じゅんらへい》のようにゆるゆるとめぐり、うぐいすの甲高い歌声が木立ちの闇《やみ》に響きはじめる。そのころタチヤーナは寝られぬままに、ほの暗い寝室で乳母とひそひそ語りあう。——

「寝られないの、ばあや、ここはとても息苦しいんだもの。窓を開けて、私のそばへすわってちょうだい。」

「お嬢さま、どうかおありなんですか。」

「気がふさぐの。昔のことを話してよ。」

「まあ、滅相《めっそう》な、お嬢さま！　以前はあたしも、むかしのことや、悪魔だの娘だののお話をたんと覚えていましたが、今はもう全部ぼんやりになりました。知っていたことも忘れました。はい、もう年貢の納め時で！　もうろくいたしました。……」

「ねえ、お話してちょうだい、ばあや、お前たちの若い時分のお話を。お前もむかし恋をしたの？」

「あれ、沢山でございます、お嬢さま！　あの時分は、色恋の話など聞いたこともありません。そんなまねでもしようものなら、亡くなった姑《しゅうとめ》に追い出されましたよ。」

「じゃ、お前はどんなふうに結婚したの。」

「神様の御心でございました。うちのヴァーニャはあたしよりも年下で、あたしがちょうど十三の時のこと、二週間ほど取りもち婆さんがうちへ通《かよ》っておりましたが、とうとうある日、父様があたしを祝福してくれました。あたしは恐ろしくって泣きじゃくりましたっけ。泣く泣くお下げをほどいてもらい、歌声に送られて教会へ連れて行かれ、そうして他人《よそ》の家へ縁づきました。……でもお嬢さまは聞いてはおられ……」

「ああ、ばあや、ばあや、私は痩《や》せる思いなの、苦しいの、ねえばあや。泣きそうなの、声をあげて泣きそうなの！……」

「お加減がお悪いのですよ、お嬢さま。神様、お救い下さいまし。どういたしましょう……ありがたいお水でもお掛けしましょうか。まあ、お体が火のようだ……」

「私は病気じゃないの。私……ねえばあや、……恋をしているの。」

「まあお嬢さま、滅相もない！」

乳母は祈りをあげながら、しなびた手で娘に十字を切った。

「恋をしているの。」——ふたたび彼女は、辛《つら》そうに乳母にささやいた。

「いえ、お加減がお悪いのでございますよ、お嬢さま。」

「違うったら。私は恋をしているの。」

その間《ま》も月は皓々《こうこう》と輝いて、タチヤーナの青白い顔や、乱れた髪や、涙のしずくや、白髪頭に頭巾《ずきん》をかぶり、腰掛けにすわって若いヒロインに寄り添う老婆の長い綿入れ姿を、ほの白い光で照らしていた。物みなが、沁《し》み入らんばかりの月明りを浴びて、静けさのなかでまどろんでいた。

月を眺めているうちに、タチヤーナの心は遠くのほうへ運ばれて行った。……その時ふと、ある考えが彼女の頭に浮かんで来た。……

「ばあや、退《さが》っていいわ、私をひとりにして。ただペンと紙を持って来て、机を少し寄せてちょうだい。すぐに寝るから。お休み。」

こうして彼女はひとりになった。あたりは静かだった。月が彼女を照らしていた。タチヤーナは、片肘《かたひじ》を突いて書きはじめた。たえずエヴゲーニイの面影を思い浮かべていた。向こう見ずな手紙には、純心無垢《むく》なおとめの恋が息づいていた。手紙は書きあげられて畳まれた。……ああ、タチヤーナ！　誰へあてた、それは手紙か。

私は冬のように冷やかで清らかで、近づき難い、峻厳《しゅんげん》な、無欲てんたんたる、不可解な美女たちを知っている。私はそうした美女たちの、今をはやりの傲慢《ごうまん》さや、生まれながらの美徳に仰天して、白状すると彼女たちから逃げ出したのだが、その時彼女たちの額のうえに、「とこしえに希望を捨てよ！」*という地獄の碑銘を読んで、思わずぞっとしたものだ。彼女たちにして見れば、恋を吹き込まれるのは迷惑至極で、男をふるえあがらせることが喜びなのである。ことによるとネヴァ河の河畔の町で、諸君もそういう婦人をご存知かも知れぬ。

私はまた、いじらしい崇拝者の群に囲まれて、熱いため息や褒《ほ》め言葉を傲然と受け流す気まぐれな女たちを見たこともある。しかも驚いたことにどうだろう！　彼女たちは冷酷なふるまいで臆病な恋人をおどしつけながら、ふたたび彼を薬籠中《やくろうちゅう》の男とする手管《てくだ》を心得ていた。後悔のそぶりをちらりと見せ、さも優しそうな声音《こわね》を出すと、ふたたび若い恋人は、たちまち陶然となって、愛らしい浮世の花を追って走り出す。

何がゆえにタチヤーナは、そうした女たちより罪深いと言えようか。可愛い無邪気さのために彼女が偽りの何たるかを知らず、これぞと選んだ空想を信じ切っていたからか。感情の憧れるままに従って、無技巧に恋したからか。あまりにも信じやすかったからか。物狂おしい想像力や、躍動する知恵と意志、わがままな頭脳、燃えるような優しい心を、生まれながらに授かっていたからか。諸君は彼女の軽率な情熱を許してはくれぬであろうか。

嬌態の女《コケット》は冷静に男心を判断するが、タチヤーナは大まじめに恋をして、子供のように見境もなく恋に打ち込んだ。彼女には思いも及ばぬことなのだが、およそ恋というものは、引き延ばせば延ばすほどに値打ちを高め、確実にあいてをわなにかけるのだ。まず最初は、希望であいての虚栄心をそそのかし、ついで疑惑で心を苦しめ、それから嫉妬の炎で生気を吹き込むのである。さもないと、狡猾《こうかつ》な恋の虜囚《とりこ》は快楽に飽きて、恋の縄目を逃《のが》れようと身構えはじめる。

さてここに難儀なことが控えている。祖国の名誉を救うために、私はぜひともタチヤーナの手紙を翻訳しなくてはなるまい。彼女はロシア語をあまり知らず、わが国の雑誌にも眼を通さず、母国語で意中を語るのが難儀なので、フランス語で書いたのだ。……実際どうしようもない！　繰り返して申し上げるが、今日まで貴婦人の恋はロシア語で打ち明けられたことがない。誇り高いわがロシア語は、郵便用の散文には不慣れなのだ。

私は今日の風潮が、貴婦人たちにロシア語を読ませたがっているのを知っている。何ともいや、恐ろしいことだ！　一体、「穏健思想」*誌を小脇に抱えた貴婦人たちの姿が想像できようか。わが詩人諸君、私は君たちを証人に呼びたい。君たちが若気の至りでひそかに詩を書き、君たちが心を捧げた可愛い相手は、ひとり残らずロシア語を使うのに難儀して、国語を可愛くゆがめてはいなかったか。異国の言葉も、可愛い口にのぼると、母国語に聞こえなかったか。

願わくは、舞踏会や帰るさの玄関先で、黄色い肩掛けをかけた神学生や、頭巾をかぶった学者先生にだけは、出会いたくないものだ。微笑の浮かばぬ真紅《しんく》の唇と同様に、私は文法の誤りのないロシア語を好まない。ことによると、私にとっては災難だが、新時代の美女たちは雑誌の哀願に耳傾けて、われわれに文法を教授したり、ロシア語の詩を使ったりするかも知れぬ。だが、私は……知らぬが仏をきめ込んで、古《いにしえ》ぶりを守り抜こう。

間違いだらけの不注意な片言や、正しくない発音を聞くたびに、私の胸には昔ながらのときめきが、ふつふつと湧《わ》きあがる。悔い改める力は私にはない。私にとってフランス語なまり《ガリシスム》は、過ぎ去った青春の罪や、またボグダノーヴィチ*の詩と同様に、いつまでもなつかしく思われよう。だが、もう沢山だ。私はわがうるわしのおとめの手紙に取り組まねばならぬ。私はそう約束はしたものの、何としよう、今はもうご免こうむりたい気がしきりである。優しいパルニー*の筆が、今日ではもうはやらぬことを、私は知っている。

饗宴《きょうえん》と、悩ましい憂愁《ゆうしゅう》の歌い手*よ、もし君が居合わせてくれたら、私は異国の言葉で書かれた情熱的なおとめの恋文を、魔法のリズムに移し変えてくれというぶしつけな頼みで、君の邪魔をしたにちがいない。君は今どこにいる？　来ておくれ。私はうやうやしく自分の権利を君に譲ろう。……だが彼は、悲しい巌《いわお》に囲まれ、久しく世の賞賛を受けることもなく、ただひとりフィンランドの空の下をさまよい歩き、私のなげきも彼の魂には届かないのだ。

タチヤーナの手紙は、今私の眼の前にある。私はそれを大事に保存し、読み返すたびに秘かな悲哀をおぼえ、何度読んでも読みあきることがない。一体誰がこの優しさや、愛らしい気取りのない言葉を彼女に吹き込んだのか。誰が可愛いたわ言や、狂気のような、魅惑的な、危険な、胸のささやきを彼女に吹き込んだのか。私には合点が行かぬ。それはさておき、次に私の拙劣な、張りのない翻訳を掲げよう。それは生き生きとした名画のくすんだ模写、女学生の臆病な指が弾《ひ》く「魔弾の射手*」に過ぎぬ。

タチヤーナの、オネーギンへの手紙

「私があなたにお手紙を書く――これ以上何が要《い》りましょう、これ以上何を申し上げることがありましょう。今はもう、侮蔑で私に罰をお加えになるのは、あなたのお気の召すままでございます。けれどもあなたは、私の幸《さち》少ない運命に一《ひ》と滴《しずく》の哀れみをお持ちにこそなれ、よもや私をお見限りにはなりますまい。私は最初、何も申し上げまいと思っておりました。信じて下さいまし、もしせめて時たま、一週間に一度でも、私どもの村であなたにお目にかかることができ、あなたのお話を承り、あなたにお話を申し上げ、それからあとは昼も夜もふたたびお目にかかれるまで、ただ一つ事を片時《かたとき》も忘れずに考えて過ごすことができる、そのような希望がありましたなら、決してあなたは私の恥をご存知なかったことでございましょう。ところがお噂ではあなたはお人嫌いにて、この辺鄙《へんぴ》な片田舎《かたいなか》でたえずふさぎ込んでおいでの由《よし》、一方、私どもと申せば、……あなたを素朴に喜んでお迎えしこそすれ、何ひとつ取柄のない家族なのでございます。

どうしてあなたは私どもへお越しになったのでございます。さもなければ、忘れられたこの草深い片田舎で、私は一生涯あなたという方を存じあげず、辛《つら》い苦しみも知らずに過ごしたでしょうに。時のたつままに初心《うぶ》な魂の動揺を静めて(果たしてどうでしょうか)、気の合った友を見つけ出し、貞淑な妻とも慈愛深い母ともなったでしょうに。

他の男の方！……いいえ、決して私は他のどなたにも心を捧げはしなかったでしょう！　畏《かしこ》い神様のお裁きでそれはもう決まったこと、……私があなたのものであるのは天の意志なのでございます。今までの私の全生活は、きっときっとあなたにお目にかかるための抵当だったのでございます。私はあなたが神様によって私に遣わされたお方、この世を去る日まで私の守護者におなりになるお方だと存じております。……あなたは前から私の夢に現われておいででした。姿こそ見えね、私はあなたをいとおしく存じておりました。秀《ひい》でたあなたの目差が私を悩ませ、あなたのお声が胸いっぱいに響き渡っておりました、とうの昔から。……いいえ、それは夢ではありません！　あなたがお見えになったその瞬間に、私ははっと気がつき、体じゅうがしびれて燃えはじめ、心の中で『ああ、あの方だ！』と叫びました。それもそのはずでございましょう、私は前からあなたのお声をお聞きしていたのですもの。私が貧者に施しをしていた時、波立つ胸の憂いを祈りで静めていた時、あの静けさのなかで私とお話をなさったのは、あなたではありませんか。そしてまたあの時、透明な夜闇を通してきらりと閃《ひらめ》き、そっと枕辺に寄り添ったなつかしい幻、あれはあなたではないでしょうか。喜びと愛をこめて、希望の言葉を私にささやいて下さったのは、あれはあなたではないでしょうか。ああ、あなたは何者なのです？——私の守護天使なのですか、狡猾な誘惑者なのですか。私の疑惑を晴らして下さいまし。ことによると、こうした一切は空《むな》しい幻、うぶな魂の迷いかも知れません。そうして全く別の違う運命が待ち受けているのかも……。でも、それならそれでいい！　今日を境に私は自分の運命をあなたにおあずけします、あなたの前に涙を流して、あなたの庇護《ひご》をお祈りします。……察して下さいまし、私はここで独りぼっちなのです、誰ひとり私を理解してはくれないのです。私の理性は病み疲れ、そうして私は黙ったまま滅びて行かねばならないのです。私はあなたをお待ち申しております。どうぞどうぞせめて希望の目差で、心をよみがえらせて下さいまし。さもなければ、ああ、当然の報いたる叱責《しっせき》で、この辛い夢を引き破って下さいまし！

これで筆を置きます！　読み返すのも恐ろしい。……恥と恐怖で、消え入らんばかりです。……でも、あなたの高潔なお心をあてにして、思い切って私は自分をあなたにおあずけいたします。……」

タチヤーナは思わず息を吸い込んで、ほっと吐息を洩《も》らす。手に持った手紙がぶるぶる震える。火照《ほて》った舌のうえで、ばら色の封緘紙《ふうかんし》が乾く。彼女は頭をぐったり肩に乗せた。ふわふわした肌着が、なまめかしい肩からずり落ちた。だがそのあいだにも、さやかな月明りが見る見るうちに薄れて行く。かなたの谷が狭霧《さぎり》のなかから浮かび上がり、小川の流れが白々と輝きはじめ、牧夫の角笛《つのぶえ》が村人の眠りを破る。朝だ。家じゅうがもう起き出した。だがタチヤーナはわが思いに沈んでいた。

彼女は夜の明けたのにも心づかず、じっと頭《こうべ》を垂れたまま、手紙に封をするのも忘れていた。やがてそっと扉があいて、白髪頭のフィリピエヴナが、朝のお茶を盆にのせて運んで来た。

「お嬢さま、もうお時間でございます。お起きなさいまし。おやまあ、もうおしたくができていなさる！　まあまあお早いお目ざめで！　ゆうべはほんとに心配で心配で！

でも、ありがたいことに、お元気におなりなすった！　ゆうべの悲しそうなご様子はあとかたもなくなって、まるでケシの花みたいなお顔色でございますよ。」

「ああ！　ばあや、お願いがあるの。」

「どうぞどうぞ、お嬢さま、おっしゃって下さいまし。」

「変に気を……まわさないでね。……でも……いやだと言わないで。」

「はいはい、この通り神様にお誓い申します。」

「じゃね、ばあやの孫を内証でお使いにやってちょうだいな、この手紙を、オ――……いえ、あの方に……お隣りに届けに。……一《ひ》と言《こと》も口をきかないように、私の名前を言わないように言い含めて。……」

「どなたのところへでございます、お嬢さま？　近ごろあたしは物分りが悪くなりました。このあたりにはお隣りが沢山ございます。一々お名前を挙げるわけにも参りません。」

「ほんとにお前は察しが悪いわ、ばあや！」

「もう年でございます、お嬢さま。年を取って、ぼんやりになりました。これでも以前はよく気がついて、旦那《だんな》さまが一と言おっしゃると……」

「ああ、ばあや、ばあや！　そんなことはどうでもいいの。お前の頭のことなんかどうでもいいの。オネーギン様へ差し上げるお手紙のことなの。」

「そうそう、ご用事のことでございました。どうかお怒りにならないで下さいまし。何分《なにぶん》、ご存知の通りぼんやりでございますから。……おや、またお顔の色が真《ま》っ青《さお》！」

「何でもないのよ、ばあや。早く孫を使いにやってちょうだい。」

その日は暮れたが、返事は来なかった。あくる日になったが、さらに何の音沙汰《おとさた》もない。タチヤーナは影のように青ざめて、朝まだきから着替えをすませ、今や遅しと返事を待っていた。やがてオリガの讃美者が訪れた。

「あなたのお友だちはどちらにおいでですの？」――女主人が詩人にたずねた。「私どもをすっかりお見限りですのね。」

タチヤーナは、ぱっと顔を染めて、わなわなと震えはじめた。

「今日は伺《うかが》うと言ってましたよ。」――レンスキイが老婆に答えた。「手紙が来たとかで、手間取っているのでしょう。」

意地の悪いあてこすりでも聞いたように、タチヤーナは眼を伏せた。

あたりが、たそがれて来た。テーブルのうえでは、きらきら光る夕べのサモワールが、シナ焼の急須《きゅうす》を暖めながらしゅんしゅん煮立ち、その下では淡い湯気がうず巻いていた。香の高いお茶が、オリガの手で黒いひと条《すじ》の流れとなって茶碗から茶碗へ注がれ、クリームの壺が少年の手で運ばれる。タチヤーナは、ひとり窓辺にたたずんで、冷たい窓ガラスにそっと息を吐きかけながら、美しい指先で曇ったガラスのうえに、E・Oというとしい頭文字を物思わしげに書いていた。

そのあいだも、彼女の胸はうずきつづけ、悩ましげな眼は涙にあふれていた。と突然、かつかつという蹄《ひづめ》の音！……彼女の血はさっと凍えた。音はみるみる近づいて、……中庭へエヴゲーニイが乗りつける！『ああ！』一と声叫ぶとタチヤーナは、影よりも身軽く裏口へ駆け出し、昇降口から戸外へ、それからまっしぐらに庭へ飛んで行った。後ろを振り向く勇気もなく、一瞬のまに築山《つきやま》や、橋や、草原や、湖への並木道や、林を駆け抜け、ライラックの茂みを突き抜け、花畑の小道を小川のほうへ突っ走り、息を切らしてベンチの上へどうと倒れた。……

『あの人が来た！エヴゲーニイ様がいらした！ああ！どうお思いになっただろう！』

彼女の心は、苦悩にみちみちながらも、なお一縷《いちる》の希望の暗い夢を宿していた。彼女はわなわなと震え、燃えるように火照りながら、もしや彼があとを追って来はしないかと心待ちにしていた。だがその気配もない。果樹園のあぜでは、村の娘たちが木いちごの実を摘みながら、命令どおり声をそろえて歌をうたっていた(これは油断のならぬ村娘たちの口が、こっそり地主のいちごを食べぬように、たえず歌をうたわせておくという、田舎らしい機知にあふれた思いつきである)。

村娘たちのうた

娘らよ、別嬪《べっぴん》さん、
可愛い娘らよ、仲好《なかよ》しさん、
遊べや、娘らよ、
浮かれや、おとめらよ!
歌をおうたい、
内証の歌を、
若者をお招き、
輪舞のそばへ。

若者をおびき寄せたら、
遠くのほうから姿が見えたら、
わっと逃げろ、
桜ん坊を投げつけろ、
桜ん坊を、いちごの実を、
赤い赤いすぐりの実を。
内証の歌を
聞きに来ないで、
おとめの遊びを
見ちゃあだめ。

村娘たちがこんなふうに歌っているあいだ、タチヤーナはその冴《さ》えた歌声に聞くともなく聞き入りながら、胸のおののきが静まって、頬の火照りが消えるのを、じりじりしながら待っていた。けれども指にはなおも震えが残り、頬の火照りは消えるどころか、一そうあかあかと燃えあがった。まるで可哀そうな蝶々が腕白な少年に捕まって、虹色《にじいろ》に翼をはたはたと打ちながら日差《ひざし》に照り映え、秋蒔《あきま》き畑に遊ぶ小兎が、ふと遠い茂みにひそむ猟師の姿に気づいて、おののくように。

やがて彼女は、ついにほっと吐息を洩らすと、ベンチから立ちあがって歩きだした。ところが、並木道へ折れたその瞬間、彼女は眼の前にエヴゲーニイが、恐ろしい亡霊のように、眼をぎらぎら輝かせて立っているのを見た。タチヤーナは、一瞬やけどでもしたように立ちすくんだ。だが、私はこの思いがけない出会いの一部始終を、今日のところはお伝えできぬ。長い物語を続けた今は、私も散歩したり休息したりせねばならぬ。いずれの折に、語り終えよう。

（一八二四年、ミハイロフスコエ村にて）

第四章　村　で

La morale est dans la nature des choses.*

Necker

〈……女性を愛する度合が少なければ少ないほど、それだけ容易にわれわれは女性に好かれ、それだけ確実に女性を、誘惑の網目のなかで滅ぼすものだ。一体むかしの冷淡な漁色家《ぎょしょくか》は、至るところで自己喧伝《けんでん》にこれ努め、愛なき快楽《けらく》にふけりながら、恋の道で名をあげた。だがこうした厳粛な気散じは、光輝ある祖父の時代の猩々爺《しょうじょうじじ》ィなればこそふさわしい。ロヴラスたちの名声は、赤い靴の踵《かかと》や、仰山《ぎょうさん》なかつらの栄誉とともに、今は昔の語り草だ。……〉*

気取ったり、一つ事を言葉を変えて繰り返したり、誰知らぬ人もないことを今さらしく勿体《もったい》ぶって納得させようと努力したり、さてはまた毎度変らぬ反駁《はんばく》を聞かされたり、今はおろか昔でさえ、十三歳の少女も抱《いだ》かぬような偏見をしきりに打ち破って見たりして、一体誰が退屈しないでいられよう。またおどしや、哀願や、誓いの言葉や、見せかけの恐怖や、便箋《びんせん》六枚の恋文や、欺瞞《ぎまん》や、あらぬ噂《うわさ》や、指輪や、涙や、叔母《おば》さんだの母親だのの監視や、夫たちの重苦しい友情などに、一体誰がげんなりしないでいられよう。

エヴゲーニイもそんなふうに考えていた。彼は青春のごく初めから、あらあらしい放埒《ほうらつ》と気ままな情熱の犠牲であった。人生の習慣に甘え放題あまえた彼は、魅惑と幻滅のあいだを漂ううちに、だんだんと欲望に疲れ、浮き名の成功にも疲れ果て、ざわめきにつけ静かさにつけ魂の永遠の不平に聞き入りながら、あくびを笑いで嚙《か》み殺した。人生の最良の花を空《むな》しく散らしながら、こうして彼は八年間を葬ったのである。

彼は今さら美女を見ても恋を抱かず、ただ何となく言い寄るだけだった。だから肘鉄砲を食わされても、けろりと澄ましていたし、恋人に裏切られても、かえってやれ一《ひ》と休みと喜んだ。一片の陶酔もなく美女をあさり、一片の後悔もなく美女を捨て、あいての恋や憎悪はほとんど思い浮かべもしなかった。それはまるで、気のない客が夕べのカルタ会にやって来て席につき、勝負が終るとさっさと引きあげ、わが家ですやすや眠りに落ち、さて翌朝目ざめると、ふたたび今夜はどこへ行こうかと思案に暮れる様子に似ていた。

だが、タチヤーナの手紙を受け取った時、オネーギンは思わずはっと胸を突かれた。おとめらしい空想にあふれた言葉が、沢山《たくさん》の思いをかき立てた。彼はいじらしいタチヤーナの青白い顔の色や、沈みがちの様子を思い浮かべた。楽しい、無邪気な夢に、心からふと浸りもした。あるいは昔の燃える思いが、一瞬、彼を捕えたのだろうか。だが彼は、無垢《むく》の魂の信じやすさを欺《あざむ》く気にはなれなかった。今こそ私は飛んで行こう、タチヤーナが彼と出会ったあの庭へ。

ものの二分ほど、ふたりは黙ったままでいたが、やがてオネーギンが近づいて来て、口を切った。――

「お手紙、頂戴しました。いや、否定などなさらんで下さい。素直な魂の打明けを、清らかな恋のお言葉を、僕は読みました。あなたの真剣さが、僕には実に可愛らしい。それは、とうの昔に消えていた僕の感情を、ふたたび波立たせてくれました。けれども僕はあなたをお褒《ほ》めしようとは思わない。あなたの真剣さに対して、僕も同じ技巧ぬきの打明けでお答えしましょう。僕の懺悔《ざんげ》を聞いて下さい。僕は自分をあなたのご批判にゆだねるつもりです。

もし僕が、自分の生活を家庭の枠に押し込めようと思う時があったら、もし愉快な運命が父となり夫となることを僕に命じたなら、またもし僕が一瞬間でも家庭の絵図に心を奪われることがあったなら、その時は誓ってあなた以外、僕はどんな花嫁も探さないでしょう。恋の讃歌《マドリガル》の飾り気なしに僕は申します。その時こそ僕は昔の理想を見つけた気持で、すべてうるわしきものの保証として、自分の悲しい日々の道づれに、誓ってあなたひとりを選んだでしょう。そうして僕も……まあまあ仕合せになったでしょう！

ところが僕は仕合せのためには生まれついていないのです。僕の魂は仕合せには無縁なのです。せっかくのあなたの完全さも所詮はむだで、僕は全くそれに価しないのです。信じて下さい(良心に賭けて申します)、結婚生活はお互いに苦痛となるにきまっている。どれほどあなたを愛していたにせよ、僕は一たん慣れたが最後、すぐさま愛想がつきてしまう。あなたは泣きはじめる、が、あなたの涙は僕の胸を打つどころか、かえって僕の心を重くするのが落ちなのです。まあ考えてもごらんなさい、一体どんなばらの花を、縁結びの神《ヒュメナイオス》は僕らに用意してくれるでしょう。それもおそらくは、長い長い年月のことなのです。

この世のなかで何が悪いと言って、不仕合せな妻がただひとり、昼も夜も彼女に価しない夫を思って憂《うれ》うる家庭より、悪いものはありません。そういう家庭では、わびしげな夫が、妻の値打ちは認めながら(と同時に運命を呪《のろ》いつつ)、いつも眉根を寄せ、黙りこくり、ぷりぷりして、冷やかな、嫉妬《しっと》深い気持でいるのが常なのです。僕はそういう男です。あなたがあのような素直さ、あのような知恵で僕にお手紙をお書きになった時、あなたがその清らかな、燃えるお心で求めていたのは、果たしてこんな男だったでしょうか。厳しい運命があなたに当てがったのは、果たしてそんなくじでしょうか。

夢も年月も二度とふたたび帰らない。僕は今さら魂を入れ替えるわけには行かないのです。……僕はあなたを兄としての愛で愛しています。あるいはそれはもう少し優しい愛かも知れない。どうか僕の申し上げることを、お怒りにならずに聞いて下さい。――若い娘は幾《いく》たびも軽はずみな夢想を変えて行くのです、春のめぐり来るたびに若木が青葉をつけ変えるように。それが天の定めです。ゆくゆくあなたはまた恋をなさることでしょう。しかし……自分を抑える術《すべ》を学びなさい。みんながみんな、僕みたいにあなたのお気持を理解するとは限りません。無経験はわざわいの種《たね》になるのです。」

エヴゲーニイはこんなふうに説いて聞かせた。タチヤーナは涙に曇って何も見えず、やっとの思いで息をつきながら、返す言葉もなくじっと聞いていた。やがて彼は手を差し出した。タチヤーナは、疲れた頭をうなだれたまま、黙々と、悲しげに(いわゆる機械的に)寄り添った。それからふたりは、菜園をぐるりとまわって家へ帰った。一緒に部屋へ姿を見せたが、誰ひとり咎《とが》めようとする者もなかった。田舎《いなか》の自由な生活は、傲慢《ごうまん》なモスクワと同様に、仕合せな権利を持っているのである。

　読者諸君も承知なさるだろうが、わがエヴゲーニイは可哀そうなターニャ(タチヤーナの愛称)に向かって、すこぶる立派な態度を取ったのである。もっとも、彼が高潔な魂を見せたのは、何もこの時がはじめてではないのだが、悪意に満ちた世間は、彼のことになると一切、情け容赦しなかった。敵も親友も(おそらくはどっちも一つ穴のむじななのだが)、あれやこれやと彼を罵倒《ばとう》して来た。一体この世では誰もが敵を持っているのだが、ああ、むしろ勘弁ねがいたいのは親友のほうである。実際、あの親友と称する連中は！　私があの連中のことを思い浮かべたのはわけがある。

　ではなぜなのか。いや、どす黒い、むなしい妄想を、私は静めよう。ただ一《ひ》と言《こと》カッコづきで注意するなら、およそ嘘《うそ》つきどもが屋根裏部屋で生み落とし、社交界の小雀どもが尾ひれをつけた卑しい誹謗《ひぼう》のうちで、あるいはまた、馬鹿らしい町の噂や、野卑な諷刺詩《ふうしし》のうちで、人もあろうに諸君の親友が、なるほど悪意や底意はないながら、紳士淑女の仲間のあいだで、微笑を浮かべつつ、でたらめに何百回となく繰り返さないものはないのである。そのくせ彼は諸君の味方で、身内のように……諸君を大いに愛しているのだ。

そうさ、ふん！　高潔なる読者よ、諸君の身内はみんな達者でおられるかな？　いや、ことによると今や諸君は、そもそも身内とは何かと、私からお聞きになるのもよろしかろう。身内とはこういうものだ。――われわれが愛し心から尊敬せねばならぬ人びと、そしてまた、民衆の習慣にしたがって、クリスマスには訪問するか郵便で祝辞を述べねばならぬ相手、それから残りの丸一年、われわれのことをけろりと忘れてくれる人……。いや、末長く達者に暮らすがいい！

その代り、優しい美女の愛ならば、友情や血縁よりも確実である。物狂おしい嵐の中でも、諸君は彼女の愛の権利を保つ。もちろんそうに違いない。だが、流行の旋風《せんぷう》が、自然の気まぐれが、社交界の滝ツ瀬のごとき取沙汰《とりざた》が……。たおやかなる性は、綿毛のようにふわふわ軽い。それに貞淑なる人妻にとっては、夫の意見もつねに敬意の的《まと》である。だから折角の諸君の確実な女友だちも、えてして一瞬のまに連れ去られて行く。恋は悪魔のたわむれである。

それでは誰を愛したらいいのか。誰を信じたらいいのか。われわれを欺かぬのは誰なのか。すべての事実、すべての言葉を親切にわれわれの尺度で測ってくれるのは誰なのか。われわれのことで誹謗の種を播《ま》かないのは誰なのか。かいがいしくわれわれを慰めてくれるのは誰なのか。われわれの罪科《つみとが》を厭《いと》わないのは誰なのか。われわれを一度も退屈がらせないのは誰なのか。幻の果かない追求者よ！　折角の労苦をあだに滅ぼすことなく、自分自身を愛するがいい、尊敬すべきわが読者よ！　それこそ愛にかなう対象であり、それにまさる愛《いと》おしいものは誓ってない。

さて、あの出会いの結果はどうなったのか。ああ、推測するにかたくはない。恋の狂気の苦悶《くもん》は、うら若い魂を、貪欲《どんよく》な悲しみを、波立たせるのをやめなかった。いや、哀れなタチヤーナは、慰めを知らぬ情熱に一そうめらめらと燃え立った。眠りが彼女の寝床を去った。健康や、いのちの花と蜜《みつ》、微笑、おとめの安らぎ、すべてがうつろな音のようにかき消えて、いじらしいターニャの青春はみるみるかすれて行った。生まれたばかりの春の日は、こうして嵐の影を身にまとった。

ああ、タチヤーナは萎《しお》れて行った。色青ざめ、輝きを失い、黙りこくって行った。何ひとつ彼女の心を引くものはなく、何ひとつ彼女の魂を揺すぶるものはなかった。隣人たちは、曰《いわ》くありげに頭を振りながら、「いよいよあの娘《こ》も縁づく時期だ！」とささやきあった。……だが、もう沢山だ。それより私は、早く仕合せな恋の絵を描いて、諸君の想像を楽しませねばならぬ。それなのに、ああ読者よ、私は我にもあらず同情に胸を締めつけられている。失礼して私はひと言いってしまおう。——可愛いタチヤーナが、私は好きで好きでたまらなくなったのだ！

さて、一方ヴラヂーミルは、一刻一刻ますます若いオリガの美貌《びぼう》に魅惑されて、心底から甘い虜囚《りょしゅう》の身となった。彼はいつも彼女と過ごした。夕闇ただよう彼女の部屋に、ふたり並んですわっているかと思えば、朝はまだ早くから、手に手を取って庭を散歩する。しかも何たることか。詩人は恋に酔いながら優しい恥らいにどぎまぎし、ふとオリガの微笑にはげまされた時だけ、豊かな巻き毛に手を触れたり、また服の端にキスをするのだった。

彼は時どき、自然のことならシャトーブリアン*よりも詳しい作家の、教訓的な小説をオリガに読んで聞かせたが、そんな場合、おとめの心に危険な、つまらぬたわ言や作り話があると、二、三ページ、顔をあからめて飛ばした。またふたりは、家の人びとから遠くはなれ、机に肘を突きながら、じっと考え込んで将棋盤《しょうぎばん》に向かうことも時々あったが、そんな時レンスキイは、ぼんやりして飛車を歩《ふ》で取ったりする。

家へ帰れば帰ったで、彼はオリガのことで忙しかった。彼女のために記念帖の一ページ一ページを、心をこめて飾るのである。村の風景や、墓碑や、ヴィーナスの殿堂や、竪琴《たてごと》にとまった鳩の絵を、ペンや絵具で素描することもあれば、追憶のページを開けて、他の人びとの署名の下に、優しい詩を書き入れることもあった。その詩は空想の物言わぬ記念碑であり、たまゆらの思いの長い足跡であり、長の年月を経たあとも変らぬ姿をとどめよう。

もちろん、諸君は一度ならず、田舎の令嬢の記念帖をご覧になったことがあるであろう。それはあらゆる友だちの手で、初めからも終りからも、四方八方から書きつぶされている。そこには、まるで綴字法《ていじほう》への面当《つら》てよろしく、韻律のない、民謡ふうの詩句が、変らぬ友情のしるしとして、尻つぼみに書き込まれ、行を割って書き足してある。最初のページを開くと、Qu'écrirez-vous sur ces tablettes〔あなたは何をこの帖面に書くか〕という一行があり、t. à. v. Annette〔すべてあなたのものなるアネット〕という署名が見え、一ばん最後のページの終りには、こんな言葉が書いてある。——

私以上に君を愛する人あらば
このあとに続けて書いて見よ

諸君はきっとその記念帖に、二つの心臓の絵や、たいまつだの草花だのの絵を見つけるに違いない。また必ず、「墓場までも恋い慕《した》う」という愛の誓いを読むであろう。あるいはまたどこかの軍隊詩人が、勇ましい詩を書きなぐっている。こういう記念帖になら、実を言うと私も喜んで書かせてもらう。なぜかと言うと、私の一生けんめいのたわ言が必ず好意的な目差《まなざし》を受け、あとになってから悪意の薄笑いを浮かべつつ、この洒落《しゃれ》は利いているか、私が法螺《ほら》を吹いたのではないかなどと、勿体ぶってせんさくする人のないことを、心底から確信できるからである。

だが、悪魔の書庫から抜き取った端本《はほん》よ、流行のヘボ詩人どもの頭痛の種である豪華な記念帖よ、トルストイ*の驚くべき絵筆や、バラトィンスキイのペンでひと書きに飾られた記念帖よ、お前らは神の雷火《いかずち》に焼き尽されるがいい！　まばゆいばかりの貴婦人に四ツ折り判の記念帖を差し出されると、私は震えと憎悪に捕えられ、とたんに警句が胸の底でぴくりと動くが、それでも恋愛の詩《マドリガル》の一つも書いてやらねばならぬのだ！

レンスキイがオリガの記念帖に書き込むのは、恋愛の詩《マドリガル》ではなかった。彼の筆は、恋を呼吸しこそすれ、冷たい警句の刃《やいば》を持たない。彼はオリガについて眼で見、耳で聞く一切を書き、こうして生ける真実にあふれた哀歌《エレジイ》が、川のように流れ出る。あたかも、霊感の詩人ヤズィコフ*よ、君が胸の張り裂けるまま、神のみぞ知る女《ひと》の面影を歌いあげ、いつの日かその哀歌の貴重な集大成が、君の運命を語る物語となるように。

だが、静かに！　聞こえるだろう？　厳格な批評家がエレジイのさみしい花冠を捨てよと命じ、わがヘボ詩人どもにこう叫んでいるのが。——

「もう泣くのを止《や》めろ。いつも同じことを蛙みたいにケロケロ鳴き、ありし日、過ぎし昔を悔やむのを止めろ。もう沢山だ、他の歌をうたうがいい。」

「なるほど君は正しい。すると、きっとラッパや仮面や短剣を歌えと言うんだな、思想の死んだ財産を、至るところから復活しろと言うんだな。そうなんだろう？」

「とんでもない！　頌詩《オード》を書き給え、諸君。けんらん豪華な昔の時代には、誰もが頌詩を書いたもの、昔は詩と言えば頌詩だった。……」

「荘重な頌詩ばかりを！　いや、沢山だ、君、同じことじゃないか。あの諷刺詩人*が何と言ったか思い出して見給え。一体、君は異国派の狡猾《こうかつ》な抒情詩人のほうが、憂鬱《ゆううつ》なわがヘボ詩人たちよりましだと思うのか。」

「だが、エレジイの中身はどれも詰まらんものばかり。その空虚な目的はみじめなものだ。ところが頌詩の目的たるや、高遠にして高尚……」

事ここに至っては議論の種に事欠かないが、しかし私は口をとざそう。果て知らぬ議論を、私は好まぬ。

名声と自由の讃美者であるヴラヂーミルは、波立ちさわぐ思いのままに、頌詩の一つも書けただろうが、あいてがオリガではせっかくの頌詩も読まなかったに違いない。涙もろい詩人たちよ、君たちはいとしい彼女の眼の前で、自作の詩を読んだことがあるか。この世にはそれにまさる褒美《ほうび》はないと人は言う。それに実際、歌と恋の対象であるうっとりと物憂げな美女に向かって、わが夢を朗誦《ろうしょう》できるつつましい恋人は仕合せだ。果報者だ。……ただことによると彼女のほうでは、全く別な物思いに気を取られているかも知れぬ。

ところが私は、わが夢や韻律の工夫の結実を、青春の道づれである年老いた乳母に聞*かせるだけだ。あるいはわびしい午餐《ごさん》のあとで、何気なく訪ねて来た隣人の袖《そで》を突然つかんで、部屋の片隅で悲劇を読んでげんなりさせる。あるいはまた（これは言葉のたわむれじゃないのだが)、わびしさや韻律の工夫にうみ疲れ、村の湖畔をさすらいつつ、野《の》鴨《がも》の群をおどろかす。野鴨たちは、甘いさわやかな私の詩に聞き入ってから、さて、はたはたと岸を飛び立って行く。

〈……………………………………………〉*

だが、オネーギンはどうしているのか。ちょうどいい、ついでに諸君の辛抱をお願いして、私は彼の毎日の生活ぶりを詳しく描写しておこう。オネーギンは隠者めいた暮らしをしていた。夏は六時すぎに寝床をはなれ、山のふもとを流れる川をさして、身軽ないでたちで家を出た。そしてギュルナールの歌い手(バイロンのこと)をまねてこのヘレスポント海峡を泳ぎ渡ると、それから粗悪な雑誌をまくりながら朝のコーヒーを飲み、やがて衣服をととのえる。〈……〉*

〈……………………………………………〉*

散歩、読書、熟睡、森の木陰、さらさらと流れる小川のせせらぎ、黒い瞳の色白な村娘の、ういういしい新鮮なキス、手綱《たづな》のままに従う駿馬、相当に贅《ぜい》をつくした食事、明るい白ぶどう酒の壜《びん》、孤独、静けさ、——これらが神聖なるオネーギンの生活である。これと言う感興もなく、彼はふかぶかとこんな生活に身をゆだね、気楽な逸楽にうかうかと美しい夏の日数を数えもせずに、都会も、友も、祭りの計画の退屈さもさらりと忘れて日を送った。

だが、わが北国の夏は、南国の冬のカリカチャアで、一瞬きらめくと見るまに姿をかき消す。われわれはそう認めたがらぬが、それが事実なのだ。早くも空は秋を息吹《いぶ》き、早くも日差《ひざし》が衰えて、みるみる昼が短くなり、森の神秘な衣が悲しげにざわざわと落ち、野面《のづら》は霧立ちけぶり、けたたましい雁《がん》のキャラバンが、南をさして飛んで行く。わびしい季節が近づいて来た。もう十一月が門先《かどさき》にいた。

夕映《ゆうばえ》が冷たい靄《もや》の向こうにかかると、畑には仕事のざわめきがふっと途絶え、狼が飢えた牝《めす》を伴って村道へ姿をあらわし、道行く馬がその匂いに気づいて鼻を鳴らし、用心ぶかい旅人は一目散に坂をのぼる。暁《あかつき》が訪れても、もう牧夫は牝牛の群を小屋から追わず、真昼になっても、角笛《つのぶえ》の音が群を呼び集めることはない。百姓家では、娘が歌を口ずさみながら糸をつむぎ、冬の夜の友である暖炉の木切れがぱちぱちとはぜる。

やがて寒波《かんぱ》がどっと押し寄せ、野面を銀色に染めあげる。〈……〉*小川は氷の衣裳を身にまとい、流行の寄木細工よりも楚々《そそ》とした輝きを放つ。嬉々《きき》たる少年の群が、スケート靴できしきしと氷をけずって滑りまわる。足の赤い、見るからに重そうな鵞鳥《がちょう》が一羽、川面《かわも》を泳ごうと用心ぶかく氷のうえへそろそろと下り、つるりと滑ってころりところがる。陽気な初雪がきらめき渦巻き、星くずのように川岸へ降りかかる。

こういう季節に、辺鄙な片田舎では何をしたらいいのだろう。散歩をする？　村はそのころ、単調な裸の景色を繰りのべて、心ならずもわびしさを誘う。荒れた曠野《こうや》に馬を走らせる？　だが、馬は、磨滅した蹄鉄《ていてつ》であぶない氷を踏みしめつつ、いつなん時ころぶかも知れぬ。むしろ人気《ひとけ》のない家に腰をすえて、プラット＊やW・スコットを読むに限る。それも嫌なら、支払帳を調べたり、ぷりぷりしたり、酒を飲んだりするがいい。そうすれば、長い夜もどうにか過ぎ、あくる日も同様に過ぎて行き、こうしてまずは結構な一《ひ》と冬を過ごすのだ。

オネーギンは、チャイルド・ハロルドと寸分たがわず、憂鬱な怠惰の深みにはまっていた。眠りから醒《さ》めると、まず氷を入れた風呂につかり、それからはひねもすわが家に引きこもり、ただひとりキューで武装して数取りに夢中になり、朝っぱらから玉突台で二つ玉を突く。やがて村の夕方が来ると、玉突台は見捨てられ、キューも忘れられ、壁炉《カミン》の前に食卓が設けられ、エヴゲーニイは友を待つ。まもなくレンスキイが、粕鹿毛《かすかげ》のトロイカで乗りつける。「早く食事を持って来い！」――主人が叫ぶ。

クリコ印かモエート印の祝福されたシャンパンが、詩人のために凍った壜に入ったまま、すぐさまテーブルへ運ばれる。その酒は、霊感の泉ヒッポクレーネのように輝きつつ、そのたわむれ、湧《わ》き立つ泡で(何とでも譬《たと》えられよう)、むかし私の心を奪った。その酒ほしさに、私がよくなけなしの財布の底をはたいたのを、諸君は覚えておられるか。その魔法の流れは少なからぬ愚行を生んだもの。ああ、どれほどの冗談、どれほどの詩、またどれほどの喧嘩《けんか》や楽しい夢を！

だがその酒は、あれ騒ぐ白い泡で私の胃の腑《ふ》を裏切るので、今の私にはむしろ穏健なボルドーのほうがうれしいのだ。アイ印はもう好きになれぬ。それはたとえて見れば、まばゆいばかりの、浮薄な、活発な、わがままな、空虚な恋人のよう。……だが、ボルドーよ、君はたとえて言うなら、悲しみにつけ災厄につけ、いついかなるところにあっても、救いの手を差し伸べてくれ、静かな暇を一緒に過ごしてくれる親友に似ている。わが友ボルドー万歳！

火が消えた。金色の燠《おき》がうっすらと灰におおわれ、湯気がようやく見える淡い流れを作って渦巻き、壁炉はたえだえに暖気を息吹く。煙が煙突から煙突を伝って出て行く。明るい酒杯はなおもテーブルの中ほどでしゅうしゅう泡立っている。夕靄が這《は》い寄って来る。……(私は、フランス語でなぜか知らぬが《犬と狼のあいだ》*と呼ばれるたそがれ時に、友と語らいあうよもやま話や、汲《く》み交わす酒杯が好きである。)今はふたりの友がこんな話を交わしている。——

「ところで、あの隣り村の令嬢たちはどうしている? タチヤーナは? 君のお転婆《てんば》娘のオリガは?」

「もう半杯、注《つ》いでくれ給え。……ありがとう、もう沢山。……家じゅうみんな達者で、君によろしくと言っていたよ。ああ、君、オリガの肩はどんなに美しくなっただろう、それにあの胸、あの心! ……いつかまた一緒に行って見よう。君が行けば喜ぶさ。だって君、考えて見給え、君は二度ちょっと顔を出したきり、まるで顔も見せないんだから。ああそうだった、……僕は何という間抜けだ! 君は来週あそこへ招《よ》ばれているんだよ。」

「僕が?」

「そうだ。土曜日がタチヤーナの名の日でね。オーレンカ(オリガの愛称)とおふくろさんが呼んで来いと言っていた。君にしたって、呼ばれて行かない理由はあるまい。」

「しかし大勢おしかけるんだろう、有象無象《うぞうむぞう》が……」

「誓って、誰も。誰が来るものか。内輪ばかりだ。行こう、お願いだ！　なあ、いいだろう。」

「ああ承知した。」

「だから君は好きだ！」

こう言うと、詩人は隣り村の令嬢に捧《ささ》げた杯を飲みほして、それからまたもや、オリガのことをしゃべりまくった。恋とはこうしたものなのだ！

彼は浮き浮きしていた。二週間後に、仕合せな佳《よ》き日が決まっていた。新婚の床《とこ》の秘密や、甘い恋の花冠が、彼の歓喜を待ち受けていた。縁結びの神《ヒュメナイオス》の心配や、悲しみや、やがて訪れる冷たいあくびは、夢にも詩人の心に浮かばなかった。われわれのような縁結びの神の敵であると、家庭生活のなかに見るのは、一連の物憂げな絵図や、ラ・フォンテーヌ＊ふうの小説ばかり……。ああ、不幸なレンスキイ、彼は心からそういう生活のために生まれついていた。

彼は愛されていた、……少なくともそう彼は思って、仕合せな気持でいた。信じて疑わぬ者は、百倍も幸福である。宿を見つけて酒に酔う旅人のように、もっと優美な譬えで言えば、春の野花に夢中で吸い寄る蝶《ちょう》のように、冷やかな理性を打ちしりぞけて、心からの逸楽に憩《いこ》う者は、幸福である。それに引きかえて、すべてを予見し、つねに冷やかな頭脳を持ち、一切の動き、一切の言葉を自分なりに翻訳して憎悪し、体験によって心を冷まされ、また忘我の境に入るのを禁じられた者は、みじめである！

（一八二五年、ミハイロフスコエ村にて）

第五章　名の日の祝い

おお、スヴェトラーナ、
恐ろしき夢を、な知り給いそ！
――ジュコーフスキイ

その年は、秋の日和《ひより》が長々と戸外にたたずみ、自然は冬の訪れを、今か今かと待ちかねていた。初雪の降り積ったのは、ようやく正月も三日の夜半だった。朝まだき眼ざめたタチヤーナは、中庭や、花壇や、屋根や、垣根が、一夜のうちに真っ白に変ったのを窓ごしに見た。窓ガラスには軽やかな霜模様が走り、木々は真冬の銀色の衣裳をまとい、陽気なかささぎが庭を飛び交い、山々にはまばゆい冬の絨毯《じゅうたん》がふわりと敷きのべられていた。一面のきらきら輝く銀世界である。

冬が来た！……百姓たちは意気揚々と荷橇《にぞり》で初道を踏み固め、馬は雪の匂いを嗅《か》ぎつつ、もどかしげな跑《だく》を踏む。勇ましい幌橇《ほろぞり》が、やわらかい溝を掘り開きながら飛ぶように走り、真っ赤な皮帯を締めた皮衣《かわごろも》すがたの御者が、御者台に乗っている。こっちのほうでは屋敷番の子供がひとり、手橇に犬のジューチカを乗せ、自分が馬になって駆けまわっている。腕白小僧は早くも指先を凍らせているが、痛くもあればそれが愉快でもある。一方、母親は窓ごしに少年をおどしつけている。……

しかしこうした冬の絵は、おそらくは諸君の心を引きつけまい。これらはすべて低級な自然であって、優雅な風情《ふぜい》に欠けている。初雪や、冬の逸楽の色模様なら、霊感の神の恩寵《おんちょう》を受けた別の詩人が、すでに十分描いている。私は彼が、人目を忍ぶ橇遊びを燃える詩句で描きながら、諸君を魅惑したのを疑わぬ。だが私は今のところその詩人とも、フィンランドのおとめの歌い手*である君とも、技を競うつもりはない。

タチヤーナは(自分でもなぜか知らず彼女は心からロシアの娘である)、冷たい美しさを装うロシアの冬や、酷寒の日に日差《ひざし》を浴びてきらきら輝く氷柱《つらら》や、橇や、夕映え時のばら色に染まる雪原の輝きや、一だんと寒い主顕節(イエス洗礼祭、旧一月六日)の夜霧が大好きだった。ラーリン家では、主顕節の夜が来ると、昔ふうの祭りに興じ、屋敷じゅうの女中たちがふたりの令嬢の運を占い、毎年、軍人様の花婿《はなむこ》だの、出征だのと予言しあった。

タチヤーナは、民衆に伝わる昔語りや、夢見、カルタ占い、月の予言などを信じていた。さまざまな前兆が彼女の胸をさわがし、あらゆる事柄がひそかに彼女に何事かを語りかけ、予感が彼女の胸を締めつけた。気取り屋の猫が、煖炉《だんろ》のうえにすわって喉《のど》を鳴らしながら、前足で鼻面《はなづら》を洗っていれば、それは彼女にとって来客があるという明らかな知らせだった。また突然、角《つの》の生えたような新月の顔を空の左手に見つけると、彼女はぶるぶる震えて青ざめた。流れ星が暗い夜空を飛んで落ちて行く時があれば、タチヤーナは大急ぎで星のまだ消え落ちぬうちに、胸の願いを小声でささやく。どこかで黒衣の僧に出会ったり、また野原で行く手を兎がさっと横切ったりすると、彼女は恐怖のあまり為《な》すすべも知らず、悲しい予感に胸をつまらせつつ、不幸の訪れを待ち受けた。

それればかりか彼女は、恐怖のうちにも人知れぬ魅力を見出した。矛盾をはらむ自然は、そういうふうにわれわれを創《つく》ったのである。クリスマス週間が訪れる。何という楽しさだろう！　浮薄な若人《わこうど》たちが占いに打ち興ずる。彼らはまだ何ひとつ後悔せず、生先《おいさき》こもる人生が行く手に明るくはるばると打ち開けている人びとだが、一方、今はすべてを永久に失い、墓石のそばにたたずむ老人たちまでが、眼鏡ごしに占っている。所詮は同じことだ。いずれの人びとをも、希望は子供じみたまわらぬ舌であざむくのである。

タチヤーナは好奇の眼差《まなざし》で蠟《ろう》の溶けてゆくのを眺めている。蠟がふしぎな模様を作りながら、何か奇《く》しきことを彼女に語りかけているのだ。また水をなみなみと張った皿から、順ぐりに指輪を取り出す占いもある。彼女が指輪を取り出した時、ちょうどこんな昔の歌が歌われていた。——

その村の百姓たちはいつもお金持、
鋤《すき》で銀貨をかき集める。
この歌に当たった人は、
富も誉《ほま》れも思うまま！

ただこの歌の悲しげな節まわしが、死別を予言するというので、娘の心にはまだ雌猫*の歌のほうが嬉《うれ》しい。

凍《い》ての厳しい夜ふけのこと、夜空は一面に澄み渡り、星の群の妙《たえ》なる合唱の声が、静かに静かに流れて行くころ、……タチヤーナは胸のあいた部屋着すがたで広い中庭へ下り立って、月に向かって鏡をかざす。だが、暗い鏡の面《おもて》には、悲しげな月影がふるえているばかり。……と、その時……雪のきしきしきしむ音……誰か人が通るのだ。彼女は爪先立ちで駆け寄って、芦笛《あしぶえ》の音よりも優しい声できく。――

「あなたのお名前は？」

人影は思わず眼をこらして、答える。――

「アガフォン（農民に多い名）です。」

タチヤーナはまた、乳母のすすめに従って、夜ふけの占いをするために、戸外の風呂場へふたりぶんの食卓を用意するようにこっそり言いつけた。ところが彼女は急にこわくなった。……実は私も、あのスヴェトラーナのことを思ってこわくなって来た。……もともと私やタチヤーナには、夜ふけの占いなどできないのである。タチヤーナは、絹の帯をほどき、衣服を着替えて寝床へ入った。頭上には恋の神《レーリ》が舞い、羽枕の下にはおとめの手鏡が横たわっている。物みなが静まって、タチヤーナは眠りに落ちる。

そのうちにタチヤーナは、ふしぎな夢を見た。雪の深い森の合い間を、彼女はただひとり悲しげな夜霧に包まれてとぼとぼと歩いて行く。目の前の雪の吹きだまりには、冬のいましめをはねのけた、白髪まじりの黒ずんだわき立つ奔流が、うず巻きうねりつつごうごうと音をあげている。その奔流を横ぎって、凍りついた細い丸太が二本、死出の旅路へ誘う橋のようにふるえている。逆巻く怒濤《どとう》を前に、タチヤーナはためらいでいっぱいになって、思わず足を止めた。

くやしい別離を呪《のろ》うように、タチヤーナはその流れを呪った。だが、向う岸から手を差し伸べてくれる人も見あたらぬ。とその時、ふいに吹きだまりがむくむくと動きはじめ、その下から何が姿を現わしただろう？　事もあろうに、毛の逆立った大熊である。タチヤーナは「あっ！」と叫んだ。熊はうなり声をあげながら、鋭い爪の生えた前足をさっと突き出した。タチヤーナは勇気をふるい起こし、ふるえる手を握り締めて、おそるおそる小川を渡った。彼女は歩き出した。――と、どうだろう？　大熊があとを追って来る。

後ろを振り向く勇気もなく、彼女は必死に足を早める。だが、この毛むくじゃらの従僕からは、何としても逃げ切ることができない。不愉快な大熊は、唸《うな》りつづけながら、のそのそと追って来る。行く手には森がそびえ、そよとも動かぬ松が、陰鬱《いんうつ》な美しさをたたえている。枝という枝が雪をのせて重そうに垂れさがり、裸のやまならしや、白樺《しらかば》や、菩提樹《ぼだいじゅ》の梢《こずえ》ごしに、星がきらきらまたたいている。道はない。灌木《かんぼく》の茂みも、小川の流れも、吹雪《ふぶき》を浴びて、ふかぶかと雪に埋もれている。

タチヤーナは森へ入った。熊があとを追う。まだ固まらぬもろい雪が彼女を膝《ひざ》まで隠し、長い枝がふいに首を引っかくかと思うと、むりやり金の耳飾りを引きちぎり、びしょ濡《ぬ》れの短靴が雪に取られて足からぬげたり、頭巾《ずきん》が落ちたりする。拾っている暇はない。恐ろしい熊の鼻息がすぐ後ろに聞こえる。がまた、震える手で服の裾《すそ》を持ちあげるのも恥ずかしい。彼女はけんめいに逃げて行く。そのあとを熊が追いつづける。今はもう逃げる力もなくなった。

彼女はどうと雪のなかへ倒れた。熊が素早く彼女を捕まえて運んで行く。タチヤーナはもう無感覚のままおとなしくなっていた。身動きもせず、息もつかない。熊は森の道を一散に走って行く。とふいに、木立ちのあいだに見すぼらしいあばら家が現われた。まわりはひっそりと静まり返り、四方八方から雪を浴びているが、小さな窓が一つあかあかと輝き、なかからは叫び声やざわめきが聞こえて来る。その時、熊がこう言った。

——「ここに私の名付け親がおられます。あの人のところでしばらく暖まっておいでなさい。」

熊はまっすぐ玄関へ入り、敷居のうえに彼女を下ろした。

我に返ると、タチヤーナはあたりを見まわした。熊の姿はかき消えて、彼女は玄関の間《ま》に立っている。扉の向こうからは、盛大な葬式の時のように、叫び声や、コップのふれあう音が聞こえる。彼女は何が何やら合点が行かず、そっと隙間《すきま》からのぞいて見た。と、どうだろう！　テーブルを囲んで、いろんな化物がずらりと並んでいる。犬の鼻面に角を生やした化物、おんどりの頭をつけた化物、山羊《やぎ》ひげを伸ばした魔女、気取り屋で傲慢《ごうまん》な骸骨《がいこつ》。尻尾《しっぽ》のある一寸法師もいれば、半ば鶴、半ば猫の化物もいる。

もっと恐ろしい、もっと奇怪な化物もいた。くもの背に馬乗りになったえび、鵞鳥《がちょう》の首のうえで、赤い帽子をかぶってくるくるまわる髑髏《されこうべ》、跳躍おどりを踊りながら、翼をばたばたふりまわす水車。吠《ほ》え声、笑い声、歌声、口笛、拍手、人声、馬の蹄《ひづめ》の音。だが、これらの客に囲まれて、愛《いと》しくも恐ろしいわが小説の主人公を見つけた時、タチヤーナは何と思ったことだろう！　オネーギンはテーブルに向かってすわり、しきりに戸口を盗み見していた。

彼が合図をすると、化物どもが一せいに拍手する。彼が杯をあげると、化物どもも杯をあげて、一せいにわっと喚《わめ》く。彼が笑うと、化物どもがどっと笑う。眉をひそめると、一せいに黙り込む。彼がこの家《や》のあるじであることは明らかだった。ターニャもいつしか恐怖を忘れ、つい釣り込まれて扉を細目にあけた。……と、突然さっと風が吹き込み、ろうそくの火を吹き消した。化物たちが大騒ぎをはじめる。オネーギンは、眼をらんらんと輝かし、椅子《いす》を蹴《け》って立ちあがった。化物たちも席を立つ。彼は戸口へ歩みを運んだ。

タチヤーナはぞっとした。彼女はあわてて逃げ出そうとしたが、どうしても逃げ出せぬ。あがきながら悲鳴をあげようとするが、それもできない。そのうちにエヴゲーニイが扉を突きあけた。地獄の亡者どもの眼の前に、おとめの姿が現われる。あらあらしい哄笑《こうしょう》がどっと響く。あらゆる眼、蹄、鉤鼻《かぎばな》、毛むくじゃらの尻尾、牙《きば》、口ひげ、血だらけの舌、角、骨ばかりの指、――すべてが彼女を指さして、口々に「おれのものだ！おれのものだ！」と叫びあう。

「おれのものだ！」――エヴゲーニイが恐ろしい剣幕で一喝すると、化物の群がふっと消えて、酷寒の闇のなかにおとめと彼だけが取り残された。オネーギンは静かに彼女を部屋隅へ連れて行き、ぐらぐら揺れるベンチの上へ寝かせると、彼女の肩へ顔を近づけた。と、その時、突然オリガが入って来た。後ろからレンスキイがついて来る。ともしびがきらりと光る。オネーギンは舌打ちをすると、あらあらしく眼を走らせて、招かぬ客をののしった。タチヤーナは生きた空もなく横たわっていた。

口論は、刻一刻と声高になった。と突然、エヴゲーニイは長いナイフを引っつかみ、一瞬の間にレンスキイをずぶりと刺した。人影がぞっとするほど濃くなって、耳をつんざく絶叫がとどろいた。……あばら家がぐらりと揺れた。……あまりの恐ろしさにターニャははっと眼をさました。……見ると、もう部屋のなかは明るい。凍てついた窓ガラスを通して、赤紫色の朝日がたわむれている。その時、扉が開いた。オリガが、北極のオーロラよりも赤い頬を輝かせ、つばめよりも身軽く飛び込んで来た。

「お姉さん、教えて。」――と彼女は言う。「どなたの夢を見たの？」

だがタチヤーナは、妹には眼もくれず、一冊の本を開いて寝床に横たわったまま、夢中でページを繰ってばかりいて、ひと言も答えない。もっともその本が語るのは、詩人の甘い空想でも、さかしげな真理でも、一幅《いっぷく》の画《え》でもない。とは言えウェルギリウスも、ラシーヌも、スコットも、バイロンも、セネカも、また婦人モード雑誌でさえも、これほど人を夢中にはさせなかった。それは諸君、カルデア族の賢者たちの頭目で、占い師、夢見の注釈者、マルティン・ザデーカの本であった。

この高遠なる作品は、ある日、旅商人が人里はなれたラーリン家へ持って来たもので、その時旅商人はタチヤーナにこの本と『マリヴィナ』の端本を三ルーブリ半で売り、ついでに俗悪な寓話詩集と、文法書と、ペトリアーダを二冊と、マルモンテルの第三巻をおまけに置いて行った。まもなくマルティン・ザデーカは、ターニャの愛読書となった。……この本はどんな悲しい時にも彼女に喜びを恵み、一夜も欠かさず彼女とともに眠った。

例の夢は彼女の心を騒がせた。タチヤーナはどう判じていいかわからず、あの恐ろしい夢見の意味をさぐろうと思った。彼女はアルファベット順の簡単な目次を繰って、松林、嵐、大がらす、もみの木、針ねずみ、闇、橋、熊、吹雪などという言葉を見つけたが、マルティン・ザデーカも彼女の疑惑を解けなかった。ただあの不吉な夢は、沢山《たくさん》の悲しい出来事を予言していた。そのご数日、彼女はたえず不安な気持で過ごさねばならなかった。

だが、やがて暁が紅《くれない》の手で、朝の谷間から太陽とともに楽しい名の日を差し招いた。ラーリン家の屋敷は、朝のうちから来客で立て混んでいた。隣り村の地主たちが、箱幌橇、平橇を連ねて、一家総出で押し寄せて来た。玄関の間《ま》は押すな押すなの雑踏、客間では、新顔どうしの挨拶《あいさつ》、ちんの鳴き声、令嬢たちのキスの音、ざわめき、笑い声、敷居ぎわの混雑、会釈、客たちの足ずり、乳母たちの悲鳴、子供たちの泣き叫ぶ声などが入り乱れる。

大兵《だいひょう》肥満のプスチャコーフが、でぶの細君を伴って到着した。赤貧の百姓たちを抱えた名農場主グヴォズヂーン、三十を頭に二歳までのあらゆる年齢の子供を持つ白髪のスコチーニン夫妻、郡一番の伊達男ペトゥシコーフ、いつも略帽をかぶっている、綿ぼこりだらけの私の従弟《いとこ》ブヤーノフ(これは諸君、先刻ご承知の男である)、それから不愉快な金棒引きで、年取った狡猾漢《こうかつかん》、大食漢、わいろ取り、道化者の退職官吏フリャーノフなども来た。

またパンフィール・ハルリコーフの家族と一緒に、ムッシュウ・トリケもやって来た。これは近ごろタムボフから移住した、真っ赤なかつらに眼鏡をかけた皮肉屋である。トリケは、生粋のフランス人らしく、タチヤーナに捧げるクプレットをポケットに忍ばせていたが、そのクプレットは、子供でも知っている Réveillez vous, belle endormie〔眼ざめよ、眠れる美女〕の節に合わせて歌うもので、古詩年鑑のなかに印刷されていたのを、炯眼《けいがん》なる詩人トリケ氏が、ほこりの中からこの世へ拾い出し、belle Nina〔うるわしきニーナ〕とあったところを、大胆にも belle Tatiana と置き変えた。

やがて近くの町から、老嬢たちの偶像であり、郡内の母親たちの喜びである中隊長が到着した。客間へ入る。……と、何という吉報だろう。連隊の楽隊が来ると言う。連隊長みずから派遣してくれたのだ。「まあ嬉しい。舞踏会があるのよ！」娘たちははやばやと飛び跳《は》ねている。だがその前に食事のしたくが出来た。一同はふたりずつ腕を組んで食堂へ歩いて行く。令嬢たちがタチヤーナを中に詰め、男たちが向かいあわせに並び、十字を切って腰を下ろしながらがやがやとしゃべりまくる。

一瞬、会話が途絶え、口という口がもぐもぐ動く。あっちからもこっちからも、皿や食器の鳴る音が聞こえ、杯を打ちあわす音が響く。しかしまもなく客たちは、だんだんと騒がしさを取り戻し、誰ひとり人の言葉を聞こうともせず、みんなが喚き、笑い、言い争い、しゃべり散らす。その時、ふいに扉が開いた。まずレンスキイが入り、つづいてオネーギンが現われた。

「まあ、よかった！」――女主人が叫ぶ。「やっとお見えになったわ！」

客たちは席を詰めあい、急いで食器や椅子を横へ移し、ふたりの友の名を呼んで席に着かせる。

ふたりの友が真向かいにすわった時、ターニャは朝の月よりも青ざめ、狩り出された鹿よりも激しくおののいて、曇る瞳をじっと伏せていた。情熱の炎がめらめらと燃えあがり、息が詰まって、気分が悪くなった。ふたりの友の祝辞も彼女の耳には入らず、涙が眼からあふれそうになった。可哀そうな娘は、今にも失神せんばかりだった。だが、意志と理性の力が打ち勝った。彼女はふた言、歯のあいだから押し出すようにそっと言うと、食卓に向かってそのまますわり通した。

悲劇じみた神経的な現象や、娘の失神や、涙などに、エヴゲーニイはもう以前から堪《た》えられなかった。それでなくてさえ、彼はもううんざりするほど我慢して来たのだ。この変り者は、大げさなこの祝宴に足を踏み入れたその時から、早くも腹立たしい気持でいたが、力ないおとめのおののきに気づくと、いまいましげに眼を伏せてふくれっ面《つら》をし、腹いせにレンスキイを激怒させ、存分に仇《あだ》を打とうと心に誓った。今や彼は、はやばやと凱歌《がいか》をあげながら、心のなかで客という客のカリカチャアを描きはじめた。

もちろん、ターニャの狼狽《ろうばい》に気づいたのは、エヴゲーニイだけではなかったが、ちょうど折から油っこいピローグが、一同の視線と批評の的《まと》になっていた(運悪くそのピローグは塩が利きすぎていた)。やがて焼肉と白ゼリーのあいだに、樹脂塗りの壜《びん》に入ったツィムリャンスコエ(シャンパン)が運ばれ、すぐつづいて、ジジイ*よ、君の細腰にそっくりの、くびれた、丈の高いワイングラスの列が運ばれた。私の心の結晶よ、汚《けが》れなき私の詩の対象よ、恋の魅惑の酒杯よ、君ゆえに、幾《いく》たび私は酔い痴《し》れたことか！

湿ったコルクをあける時、壜はポンと音を立て、酒がしゅうしゅう泡立ちはじめる。その時、もう久しくクプレットのことで気をもんでいたトリケが、勿体《もったい》ぶった様子を作って立ちあがった。並み居る一同、水を打ったように静まり返る。タチヤーナは生きた空もない。トリケは、片手に紙を持って彼女のほうへ向き直り、調子っぱずれに歌い出した。拍手や叫びが彼をねぎらう。彼女は仕方なく詩人に会釈を返す。偉大だが謙虚な詩人は、彼女の健康を祝ってまず杯をあげ、クプレットを彼女に手渡す。

それをしおに挨拶や祝辞がはじまり、タチヤーナが一人ひとりに礼を返す。やがてエヴゲーニイの番が来た時、娘の力ない顔つきや、困惑の色、疲れ切った様子が、ふと彼の心に哀れみを生んだ。彼は黙って彼女に会釈をしたが、思いなしかその目差はふしぎなくらい優しく見えた。ほんとうに彼が胸を打たれていたのか、ただたわむれに嬌態《しな》を作って見せたのか、無意識なのか、善意からなのか、それはともかくその目差は優しさを表わしていた。それを見るなり、ターニャの心はよみがえった。

やがて椅子を押しやる音ががたがた響き、客たちがどっと客間へ押し寄せる。まるで蜜蜂《みつばち》の群が巣箱をけって、畑へぶんぶん飛んで行くように。誕生祝いの食事に満腹したある隣人が、人前でいびきをかく。婦人たちは煖炉ぎわに陣を取り、令嬢たちは部屋隅でささやきあう。緑のテーブルが据えられて、ボストンや、老人向きのロムベル、今だに名高いホイスト（いずれもカルタ遊びの名）などが、喧嘩《けんか》っ早《ぱや》い賭博者たちを呼び招く。単調な家庭の絵図、いずれ劣らぬ貪欲な退屈の生んだ息子たちではある。

ホイストの英雄たちはもう八回も三番勝負を終えて、八回も席を変えた。やがてお茶が運ばれる。私は時刻を午餐《ごさん》とお茶と夜食で示すのが好きである。田舎《いなか》では、時間を知るのはわけもないことで、腹具合こそわが正確なるブレジェ時計なのである。ついでにひと言、カッコづきで言っておくなら、私はこの小説でどんなにたびたび酒宴や、さまざまな食事や、酒壜などにふれたことか。神々《こうごう》しいホメロスよ、三千年の偶像よ、さながら御身《おんみ》が語ったように。

〈……………………………………〉*

さて、お茶が運ばれた。だが令嬢たちが行儀よく受皿に手を出すか出さぬかに、突然、広間の扉の向こうから、ファゴットとフルートの響きがとどろいた。界隈《かいわい》の町で美男パリソスをもって任じるペトゥシコーフは、音楽の響きに浮き立って、ラム酒入りの茶碗を放り出すなり、オリガのそばへ歩み寄った。レンスキイはタチヤーナに近づき、タムボフ県のわが詩人は、盛りを過ぎた令嬢ハルリコーヴァの手を取り、ブヤーノフは素早くプスチャコーヴァを連れ去った。誰も彼もがどっと広間へ駆け出して、はなやかな舞踏会がきらめきはじめた。

　この小説のはじめのほうで(第一章をご覧ありたい)、私はアルバーニ*風にペテルブルグの舞踏会を描写しようと思いながら、詰まらぬ夢想に心を引かれ、つい昔なじみの貴婦人たちの足の思い出にうつつを抜かした。ああ、足よ、君たちの細い足跡を追ってさまようのはもう沢山だ！　青春に謀叛《むほん》を起こして、私もそろそろ分別を持つべき時だ。仕事や文章の面で自らを正し、この第五章を脱線から守らねばなるまい。

　若やぐ生命《いのち》の旋風《せんぷう》さながら、ワルツの騒がしい竜巻が単調に、また狂気のように舞い、ひと組がひと組を追ってひらりひらりと飛んで行く。オネーギンは、今こそ復讐《ふくしゅう》の時が迫ったと心中ひそかにあざ笑いながら、オリガに近づき、彼女と組んで素早く客たちのまわりをまわりはじめた。それから彼は彼女を椅子にすわらせて、あれやこれやと話しかけ、二分もするとふたたび彼女とワルツをつづける。来客一同、あきれ返った。レンスキイは、われと我が眼を疑った。

　マズルカがとどろいた。一体むかしは、マズルカが鳴り出すと、広い広間じゅうが震動をはじめ、踵《かかと》の下で寄木細工の床が割れ、額縁が震えてがたがた鳴ったものなのだが、今は違って、われわれは貴婦人のようにしずしずと、ニス塗りの床板のうえを滑るのである。ところが田舎の町や村では、今だにマズルカは当初の美しさを保存していて、跳躍といい、踵を打ち鳴らす音、ひげの振りざま、すべてが昔のままである。現代ロシアの疾病《しっぺい》であり、わが暴君たるどうもうな流行も、これぱかりは変えられなかった。

〈…………………………………………………………………〉*

悶着《もんちゃく》好きなブヤーノフが、タチヤーナとオリガをわが主人公のかたわらへ連れて来た。オネーギンは素早くオリガと踊りはじめた。するすると事もなげに踊りながら、彼は身を屈めてオリガの耳へ、卑俗な恋歌を優しくささやき、片手をぎゅっと握り締めた。彼――と、彼女の顔にうぬぼれの紅《くれない》があかあかと燃えはじめた。わがレンスキイは一切を見て、かっとなって度を失った。嫉妬《しっと》の憤《ふん》怒《ぬ》にかられた彼は、マズルカの終るのを待って、次のコチリオンに彼女を誘った。

だが、彼女はだめだと言う。だめだ？　だが、なぜ？　オネーギンに約束したと言う。ああ、何ということだ！　何という返事か。もしや彼女は……そんなことが！　コケットよ、浮薄な子供よ、ようやくおむつをぬいだばかりだのに！　それなのにもう彼女は手管《てくだ》に通じている、心変りを学んでいる！　レンスキイはこの打撃にたえられなかった。女の移り気を呪いつつ、彼は外へ出て馬を呼び、一目散に走り去った。一対のピストルと二発の弾丸が、――それ以上何が要《い》ろう、――突然、彼の運命を決することになったのである。

（一八二五、六年、ミハイロフスコエ村にて）

第六章　決　闘

La sotto i giorni nubilosi e brevi,
Nasce una gente a cui l'morir non dole.*
Petr.

ヴラヂーミルが姿を消したのに気づくと、オネーギンはふたたび倦怠《けんたい》に襲われて、自分の復讐《ふくしゅう》に満足しつつ、オリガに寄り添ったまま物思いにふけっていた。一方、オリガも、彼にならってあくびをしながら、レンスキイを眼で探していた。果てしないコチリオンが、重苦しい夢のように彼女を悩ましていた。だがようやくそれも終りを告げ、一同は夜食の席へ移った。やがて寝床のしたくがはじまり、玄関の間《ま》から女中部屋までが、客の寝所にあてられる。今や誰もが静かな眠りを必要としていた。オネーギンはただひとり、わが家へ寝に帰った。

屋敷じゅうが静まった。ずっしりと重いプスチャコーフが、これまたずっしりした細君と客間でいびきをかいている。グヴォズヂーン、ブヤーノフ、ペトゥシコーフ、それにあまり丈夫でないフリャーノフは、食堂に椅子《いす》を並べて横たわり、ムッシュウ・トリケは、セータアに古ぼけた夜帽をかぶって、床《ゆか》のうえで眠っている。令嬢たちは、タチヤーナとオリガの部屋で仲よく夢に抱かれている。ただひとり不幸なタチヤーナだけが、悲しげに窓辺にすわって月の神《ディアーナ》の光を浴びつつ、寝もやらず暗い野原を眺めていた。

思いがけない彼の出現と、一瞬ひらめいた優しい目差《まなざし》と、オリガ相手の奇怪なふるまいが、魂の奥底まで彼女を刺し貫いた。彼女には、何としても彼の心が解《わか》らなかった。嫉妬《しっと》の悲しみが彼女の胸を突きあげた。まるで冷たい手が彼女の心臓を握り締めたように。また底なしの深淵が彼女の足もとで黒々とざわめいているかのように。……

「私は死のう。」――ターニャはつぶやく。「でも、あの人ゆえに死ぬのなら嬉《うれ》しいわ。繰り言は言うまい。何のために今さら繰り言を！　あの人は私に仕合せを下さることができないのだもの。」

だが、早く話の先を続けよう！　新しいひとりの人物がわれわれを呼んでいる。レンスキイの領地クラスノゴーリエから五キロ離れたある哲学的な荒野に、ザレーツキイという男が住んでいて、今だに無事息災を保っている。このザレーツキイは、昔は乱暴者で、賭博《とばく》仲間の親分格で、放蕩者《ほうとうもの》の領袖《りようしゆう》で、居酒屋の用心棒だったが、今は善良な、素朴な家庭の父で、男やもめで、信頼できる友人で、平和な地主で、そのうえ誠実な人でさえあった。われらが時代は、こんなふうに改良されつつあるのである！

昔はよく社交界の追従《ついしよう》の声が、彼の凶悪な勇気をほめちぎった。事実、彼は十メートルほどの距離から、ピストルでトランプのポイントを打ち抜いた。またある時は、戦闘に出て有頂天のあまり武勲を立てたが、へべれけの酔漢そこのけにカルムィク馬からどうと泥濘《ぬかるみ》へ落ち、フランス軍の捕虜になった。実際、高価な人質だった！　名誉の神たる現代のレグルス*は、もう一度捕虜になりたいほどだった。毎朝ヴェリイ（パリのレストラン）へ行ってシャンパンを三本ずつ、つけで飲めたのだから。

また昔はよく慰みに人をからかったり、馬鹿者をだましたり、陰にまた陽に利口者を愚弄《ぐろう》するのが得意だった。もっとも時によると、そうした冗談は罰なしにすまぬこともあり、また彼自身が間抜け者のようにどじを踏むこともあった。彼はまた、さも陽気そうに口論をしたり、鋭い返事と鈍い返事を混ぜて見たり、故意に返事に困って見たり故意に馬鹿げた事を口走って見たり、あるいは若い友人同士に喧嘩《けんか》をさせて、決闘場に立たせる術《すべ》も心得ていた。

そうかと思うと彼らに仲直りをさせて、三人仲よく朝食を食べ、そのあとで陽気な冗談や駄ぼらを放ち、こっそり彼らを笑い物にした。Sed alia tempora!〔だが、今は時代が違う〕向こう見ずは(もう一つのたわむれである恋の夢と同様に)、活発な青春とともに過ぎ去った。さしものザレーツキイも、私がさっき述べたように、今は実桜《みざくら》やアカシヤの木陰であらしを避け、まことの賢者然たる暮らしを送り、ホラティウスのように田野を友とし、あひるや鵞鳥《がちょう》を飼い、子供たちに読み書きを教えている。

彼はなかなかの利口者だったから、わがエヴゲーニイも、彼の心ばえこそ尊敬はしなかったものの、何かにつけての彼の判断力や常識を好んでいた。また喜んで彼と会いもした。だからその朝はやく彼が訪ねて来た時も、エヴゲーニイは少しも驚きはしなかった。ところがザレーツキイは、最初の挨拶《あいさつ》がすむと、あいての始めた会話をさえぎり、不自然な笑いを目もとに浮かべつつ、詩人の手紙を突きつけた。オネーギンは窓ぎわへ歩いて行って、黙って手紙に眼を通した。

それは、小気味よい、立派な、短い挑戦状、言うなれば果し状であった。レンスキイは、礼儀正しく、冷やかな簡明さで、友を決闘へ呼んでいた。オネーギンは眼をあげるなり手紙の使者のほうへ向き直って、余計な言葉を混じえずに、「いつでも応じよう」

と答えた。ザレーツキイも言訳《いいわけ》ひとつせずに席を立ち、家にたくさん用事があるからこれ以上長居はできぬと言って、すぐに帰って行った。だがエヴゲーニイは、自分の魂とひとり向き合うと、われながらわが身が嫌になった。

それもそのはずである。心の奥の鏡に照らして厳しく自分を糾問《きゅうもん》して見れば、彼は多くの点で自分を責めずにはいられなかった。まず第一に、ゆうべあの臆病な、いじらしい恋人をあんなふうにからかったのは、何と言っても彼が悪かった。次に、たとい詩人が愚かな行動に出たとしても、十八歳の若気に免じて大目に見られるわけである。心底から青年を愛している以上、エヴゲーニイは偏見の塊《かたまり》や、血気さかんな少年や、屠殺夫みたいな真似《まね》をせず、名誉も知恵もある大人としてふるまうべきだったのだ。

猛獣のように毛を逆立てる代りに、心情を打ち明けることもできたであろう。若い心の武装をほどいてやることもできたであろう。『だがもう遅い。時は飛び去った。……』と彼は考えた。『それに、あの老決闘家が介入している。あいつは意地が悪い。口の軽いおしゃべり屋だ。……もちろん、面白半分のあいつの悪口ぐらい、歯牙《しが》にもかけなければそれまでだが、しかし馬鹿な連中のささやきだの、あざ笑いだのが……』これが世論というものである！　名誉のばね、われらが偶像なのである！　この世のめぐる、軸なのである！

一方、詩人は、こらえ切れぬ憎悪に沸き立ちながら、わが家で返事を待っていた。やがて雄弁な隣人が、厳粛な返事を持って帰った。嫉妬に狂う者にとって、それは何というめでたい知らせであろう！　今が今まで詩人は、あのならず者が事件を冗談にまぎらして策略を考え出し、ピストルから身を避けはしまいかと案じていた。だが今や疑念は晴れた。明日の朝、日の出前に、ふたりの友は水車小屋のほとりへ行き、銃を構えてあいての太腿《ふともも》かこめかみを狙《ねら》わねばならぬ。

煮えくり返る思いのレンスキイは、あの浮気女を憎もうと心に決めて、決闘前にはオリガに会わぬつもりだったが、太陽と時計をかわるがわる見つめているうちに、とうとう首をすくめて隣り村へ出かけて行った。詩人は自分の来訪で彼女を面喰らわせ、驚かす魂胆だったが、その魂胆は見事に裏をかかれた。オリガは以前の通り、玄関口から飛んで出て、不幸な詩人を迎えた。まるで移ろいやすい希望のように。彼女は快活で、屈託なく、晴れ晴れしていた。以前の彼女と、寸分たがわなかったのである。

「ゆうべはどうしてあんなに早くお帰りになったの？」――これがオーレンカのまっ先に放った質問だった。レンスキイはあらゆる感情が一時に混濁するのを覚えて、無言のまま首うなだれた。澄み切ったその目差、優しいその無邪気さ、快活なその魂——それらを見るなり、嫉妬も腹立ちもたちどころにかき消えた。……甘い感動に浸って彼はまじまじと相手を見つめた。彼は今なお自分が愛されているのを知った。後悔に暮れながら、今にも彼は彼女の許しを乞おうと思ったが、ただわなわなと震えるばかりで、言葉も見つからなかった。彼は仕合せなのである。ほとんど元気いっぱいなのである。……

〈…………………………………………………………〉*

そして最愛のオリガを前にふたたび沈痛な気持に帰りながら、ヴラヂーミルは今さら昨日の出来事を彼女に思い出させる勇気はなかった。彼はこう考えた。——『僕は彼女の救いの主となろう。色魔がため息と賞賛の炎で若い心を誘惑するのを、僕は黙っていられない。いやらしい有害ないも虫が、細い百合《ゆり》の茎を食い破るのを、昨日の朝咲きかけた花がまだ半開きのまましぼんで行くのを、僕は我慢できない。』

これは、諸君、僕は友人と撃《う》ちあうぞという意味なのだ。

どんな傷がタチヤーナの心を焼いたかを、もし詩人が知っていたなら！　明日の朝レンスキイとエヴゲーニイが墓場への道を血で争うのを、もしタチヤーナが知ったなら、いや、知ることができたなら、——ああ、事によると彼女の愛が、ふたたびふたりの友を仲直りさせたかも知れぬ。しかし偶然にもこの情熱を、誰ひとり開いて見せる者はなかった。オネーギンは一切口を閉ざしていたし、タチヤーナはひとり憂《うれ》いに沈んでいた。ただひとり乳母は知り得たはずだが、彼女は察しが悪くなっていた。

その晩レンスキイはたえず放心し、ふと黙り込むかと思うと、また陽気になった。だが、詩の女神《ミューズ》に甘やかされた人は、つねにそうしたものである。彼は眉根を寄せてピアノに向かい、同じ和音を繰り返すかと思えば、じっと視線をオリガに注ぎ、「僕は仕合せです、そうでしょう?」とささやく。だが、夜もふけた。帰らねばならぬ。彼の心はあふれんばかりの哀愁に締めつけられ、ういういしいおとめと別れを交わしながら、まるで引きちぎられるようだった。彼女はまじまじと彼の顔を見つめた。

「どうなさったの?」

「いや、何も。」

こうして彼は玄関口へ出た。

詩人はわが家へ帰るとピストルを点検し、ふたたび箱へしまってから服をぬぎ、ろうそくの光を頼りにシラーをひもどいた。だが、一つの思いが彼をおおい、物悲しい彼の胸は一こうにまどろまぬ。えも言えぬ美しさをたたえて、オリガの面影が目の前に浮かぶ。ヴラヂーミルは本を閉じて、ペンを取りあげた。恋のたわ言に満ちた彼の詩が、朗々と流れ出る。酒席で歌う酔漢デリヴィク*のように、彼は抒情的な熱情にさそわれて、その詩を朗誦《ろうしょう》した。

偶然その詩は散逸をまぬがれて、私の手もとに残っている。次にそれを掲げよう。

――

ああ、どこへ去って行ったのか、
わが春の黄金の日々よ。
あすの日は何を私に送るのか、
眼をこらして凝視しても、
深い霧に隠れて見えない。
いや、その必要もない、運命の掟《おきて》は正しいのだから。
たとい私が一《ひ》とすじの矢に貫かれて倒れようとも、
あるいはその矢が身をかすめて飛び去ろうとも、

すべて良し、夢と眼ざめの時は、
定められた時に訪れるのだから。
迷いの日も祝福あれ、
闇《やみ》の訪れにも祝福あれ！

あすもまた暁《あかつき》の初光がきらりと輝き、
朗々たる一日が戯《たわむ》れをはじめよう。
けれども私は、――おそらく
墓地の神秘な木陰へ下りて行き、
ゆるゆると流れ行く忘却《レーテ》の川が、
若い詩人の思い出を呑《の》み尽そう。
私はこの世から忘れ去られる、
けれどもうるわしのおとめよ、
そなたひとりは私の墓を訪ねて、
時ならぬ私のむくろにさめざめと涙を流し、

『あの人はあたしを愛してくれた、
あらあらしい生命の悲しい曙《あけぼの》を
ただひとりあたしに捧《ささ》げてくれた』と思ってくれよう。……
心の友よ、願わしい友よ、
来《き》たれ、来れ、私はそなたの夫なのだ！……

彼はこんな打ち沈んだ、陰気な詩を書いた。（世間ではこれを浪漫主義と呼んでいるが、私はこの詩にいささかも浪漫主義を認めぬのである。それに浪漫主義が何だというのか。）そしてとうとう夜明け前に、疲れた頭をうつ向けて、《理想》という流行語を枕に、うとうととまどろみはじめた。だが、眠りの魅惑に我を忘れたと思うまもなく、早くも隣人が静かな書斎へ入って来て、レンスキイを呼び起こした。――

「起きろ、もう六時すぎだ。オネーギンはもうきっと待っているぞ。」

だが、それは思い違いだった。そのころエヴゲーニイは、まだ死んだように眠っていた。もう夜の影が薄らぎ、一番どりがあけの明星《みょうじょう》を迎えているのに、オネーギンは深々と眠りをむさぼっていた。もう太陽が高々とめぐり、雪の粉が風に散ってきらめきながら渦巻いているというのに、それでもエヴゲーニイはまだ寝床をはなれず、頭上を夢がひらひら飛びまわっていた。やがてとうとう彼は眼ざめ、窓掛けの裾《すそ》をかかげた。見ると、とっくの昔に出かける時が過ぎている。

彼は大急ぎで鈴を鳴らした。フランス人の召使ギヨーが駆け込んで来て、ガウンとスリッパを差し出し、シャツを渡す。オネーギンは急いで身じたくをととのえながら、召使に武器箱を持って一緒に出かける用意をするように言いつける。早橇《はやぞり》のしたくができた。乗り込むやいなや、水車小屋をさして一散に飛んで行く。またたくうちに到着した。彼は召使に馬を野原の二本の樫《かし》の木のそばへ遠ざけ、ルパージュ製の運命のピストルを持ってあとから来るように命じた。

レンスキイは土手に寄りかかって、もうかなり前からじりじり待っていた。一方、田舎《いなか》の機械技師ザレーツキイは、粉ひき臼《うす》の品定めをしていた。そこへオネーギンが、わびを言いながらやって来る。

「で、君の介添人は?」——あきれ顔でザレーツキイが言う。決闘の古典派であり古式派である彼は、心から方法を愛していて、人ひとりを片づけるにも、決していい加減にはやらせず、あらゆる古式に則って、厳格な規律を守らせたのだ(この点でわれわれは彼を褒《ほ》めねばならぬ)。

「僕の介添人ですか?」とエヴゲーニイが言った。「この男です、——僕の親友、Monsieur《ムッシュウ》 Guillot《ギヨー》。僕の紹介に、まさか異議はないと思います。彼はあまり知られていないが、もちろん、潔白な男です。」

ザレーツキイは思わず唇をかみしめた。オネーギンはレンスキイに問いかけた。——「どうです、そろそろはじめては?」

「はじめましょう」とヴラヂーミルが言った。そして一同は水車小屋の後ろへ行った。ザレーツキイと《潔白な男》が、ややはなれて重大な取決めを交わしているあいだ、ふたりの敵は眼を伏せて立っていた。

ふたりの敵! ああ、血の飢えが彼らを互いに引き分けたのは、遠い音のことであろうか。暇や、食事や、思想や、さまざまな問題を仲むつまじく分《わか》ちあったのは、遠い昔のことであろうか。今や彼らは、父祖代々の敵《かたき》のように、恐ろしい奇怪な夢を見ているように、静けさのなかで冷然と、憎々しげに相手の破滅を準備している。……その手がまだ朱《あけ》に染まらぬうちに、ふたりは破顔一笑、このまま仲よく別れられないものか。……だが、上流社会の敵意は、偽りの恥辱を激しく恐れるものである。

やがてピストルがきらりと光った。小槌《こづち》が銃の槊杖《さくじょう》をとんとんと打つ。六角形の銃身へ弾丸がこめられ、ためしに撃鉄がかちりと鳴る。つづいて火薬が灰色の細い流れを作って、さらさらと薬池《やくち》へ注ぎ込まれる。ぎざぎざの火打石がきちんとはめ込まれる。すぐそばの切株の後ろには、当惑顔のギヨーが立っている。ふたりの敵はマントをかなぐり捨てた。ザレーツキイは几帳面な足取りできっかり三十二歩の距離を計り、友人たちをその両端に立たせた。ふたりはそれぞれピストルを手に取った。

「さあ、近寄り給え。」

敵《かたき》同士は、冷静に、まだ狙いをつけず、しっかりした足取りで、静々と四歩踏み出した。死の階段《きざはし》の四段だ。その時まずエヴゲーニイが、歩みながら、ピストルをあげはじめた。ついでふたりは、さらに五歩距離をつめた。今やレンスキイも、左眼を細めながら、同じように狙いをつけはじめた。——と、その時、オネーギンが火蓋《ひぶた》を切った。……定めの時が鳴ったのだ。詩人は、無言のまま、ピストルを落とした。

静かに片手を胸にあてたと思うと、彼はばったり倒れた。霧のかかったその目差は、苦痛ならぬ死をあらわしていた。雪の塊が、陽光を浴びてきらきら光りながら、ゆるやかに山の斜面《なぞえ》を転がり落ちて行くように。一瞬、冷水を浴びた気持で、オネーギンは青年のそばへ走り寄り、顔をのぞいて名を呼んだが、……むだだった。すでに事きれていた。若き詩人は時ならぬ末路を見出したのだ。あらしが一《ひ》と荒れ吹き荒れて、うるわしい一輪の花が朝明けの光とともに凋《しぼ》み、祭壇の火が消えたのだ。……

詩人は身じろぎもせずに横たわっていた。その額《ひたい》には力ない安らぎの色があやしく浮かんでいた。胸の真下を弾丸が貫き通し、傷口からは血潮がくすぶるように吹き出ていた。たった一瞬まえにはこの心臓に霊感が脈打ち、敵意と希望と恋が宿り、生命がたわむれ、血がわき立っていたのに。それなのに、今はまるで空家《あきや》のようにひっそりと暗く、永遠の沈黙に閉ざされている。鎧戸《よろいど》が下ろされ、窓という窓がチョークで白く塗りつぶされた。主人の姿は見えぬ。どこへ行ったかは神のみぞ知る。足跡ひとつとどめなかった。

厚かましい寸鉄詩で、しくじった敵を激怒させるのは愉快である。その敵が強情に角を構えながら、ふと何気なく鏡を眺め、我とわが姿に恥じる様子を見るのも愉快である。もしその敵が、諸君、愚かにも「これはおれだ！」と喚《わめ》きはじめたとしたら、一そう愉快である。また無言のまま名誉ある柩《ひつぎ》をその敵に用意して、その青白い額を然《しか》るべき距離からそっと狙うとしたら、もっと愉快なことである。だがその敵を父祖の群へ送り込むとしたら、はたして愉快と言えようか。

傲慢《ごうまん》な目差や返答、そのほか些細《ささい》なことで、酒を汲《く》み交わしながら諸君を侮辱した若い友人が、また自分から烈火のように怒って傲然と諸君に戦いを挑んだ年若い友人が、諸君のピストルの一撃で倒れたとしたらどうだろう。その友人が額に死の影を浮かべながら、諸君の眼の前の大地のうえに身じろぎもせずに横たわり、刻一刻と冷たくなって行く時、――諸君の必死の叫びも耳に入らず、声なきままでいる時、どんな感情が諸君の心を捕えるだろうか。

良心の呵責《かしやく》に思わず滅入《めい》りながら、エヴゲーニイは片手でピストルを握り締めたまま、じっとレンスキイを見つめた。

「仕方がない、殺されました。」隣人はきっぱりこう言った。

殺された！……オネーギンはこの恐ろしい一《ひ》と言《こと》に愕然《がくぜん》となり、ぴくりと身を震わせるとその場をはなれ、人手を呼び集めた。ザレーツキイは注意ぶかく冷たい死骸を橇に乗せ、この恐ろしい荷物を家へ運んで行った。死臭を嗅《か》ぎつけると、馬たちは鼻を鳴らして身をもがき、鋼鉄のくつわを白い泡で濡《ぬ》らしながら、矢のように駆け出した。

ああ、わが友よ、諸君は詩人を哀れと思うに違いない。嬉々《きき》たる希望の花盛りに、まあだ実を結ぶその前に、少年の衣服を脱ぐか脱がぬかに、詩人は空《むな》しく枯れたのだ！　あの熱い胸の高鳴りはどこへ行ったのか。若々しい、気高い、優しい、勇ましい感情と思想との、清らかなほとばしりはどこへ行ったのか。恋のあらあらしい欲望は、知識と努力との飢えは、破廉恥《はれんち》と恥辱との恐怖は、どこへ行ったのか。そしてまた、御身《おんみ》ら、ひそかな夢想は、天上の生活の幻は、聖なる詩の夢は？

ことによると彼は、この世の良きことのために、少なくとも栄誉のために、生まれついていたかも知れぬ。今は音絶えた彼の竪琴《たてごと》は、とどろき渡る不断の響きを幾代久《いくよ》しくあげることができたかも知れぬ。この世の階段《きざはし》のうちで、最高の一段が詩人を待ち受けていたかも知れぬ。今はもう、苦難に満ちた彼の亡霊が聖なる秘密を持ち去って、われわれのために生命を吹き込む声を滅ぼしてしまったので、時代の讃歌も、種族種族の祝福も、死線を越えて彼の耳にまで届くことはないかも知れぬ。

＊

それともまたことによると、平凡な運命が詩人を待ち受けていたのかも知れぬ。青春の年々が過ぎ去るとともに、胸の炎も燃えつきて、何かにつけてがらりと人が変り、詩《ミューズ》の女神とも別れて妻をめとり、田舎に引きこもって幸福な、妻を寝取られた夫の暮らしを送り、暖衣飽食に甘えたかも知れぬ。人生の表裏に通じ、よわい四十歳で痛風持ちとなり、飲みかつ食らい、退屈し、ぶくぶく太り、病気がちになり、とどのつまり子供たちや、泣き虫の女どもや、医者たちに見取られて、わが家の寝床で最後の息を引き取ったかも知れぬ。

だが、いずれにしても読者よ、詩人であり物思わしげな夢想家である恋する若者は、友人の手にかかって殺害されたのだ。彼の永眠の地は、霊感の子の住みならわした村の左手、二本の松の木が根をからみあわせて生い茂っているところにあった。すぐ眼の下には、隣り村の谷あいから流れ出た小川がうねうねと流れ、そのほとりではよく百姓が一《ひ》と息入《いき》れたり、麦刈りの女が壺《つぼ》の触れあう冴《さ》えた音を響かせながら水汲みに訪れる。その小川のほとり、生い茂った松の木陰に、粗末な墓碑が建てられた。

春雨が野ずえの若草をしとしと濡らすころになると、羊飼いが墓碑の下で色とりどりのわらじを編みながら、ヴォルガの漁師の歌を口ずさむ。やがて夏を過ごしに田舎を訪れた若い町の娘が、ただひとり馬を駆って野原をひた走りながら、ふと手綱《たづな》を引いて墓碑の前に馬をとどめ、帽子のヴェールをあげて、簡潔な碑銘に素早い視線を走らす。

――と、優しい眼がふっと涙で曇る。

そして娘は、物思いにふけりながら、ひろびろとした野原を並足で駆け去って行く。その胸は我にもなく久しいあいだレンスキイの運命でいっぱいになり、さまざまに思いめぐらす。――

『オリガはどうしたかしら？　長いことあの人の心は苦しんだかしら、それともすぐに涙の時は去ったのかしら？　あの人の姉さんは今どこにいるのかしら。またあの社交界の脱走者、流行の美女たちの、今をはやりの敵は、――若い詩人の殺害者、あの陰気な変人は？』

そうした一部始終を、私はおいおい諸君に語るつもりでいる。

だが今ではない。私は心からわが主人公を愛しており、もちろんいずれは彼の話に筆を戻すが、今は彼どころではないのである。一年一年、私は荒っぽい散文に心を引かれ、一年一年腕白なリズムから引きはなされて、――ため息とともに打ち明けるのだが、――リズムを追いまわすのが億劫《おっくう》になって来た。私の筆は、軽やかな紙を汚す昔の興味を失っている。社交界のざわめきの中でも静けさの中でも、他の冷やかな空想が、他の厳しい心労が、私の心の夢をさわがしているのだ。

私は他の意欲の声を知った。新しい悲しみを知った。だが、その意欲を満たす陶酔は今の私にはなく、また昔の悲しみがなつかしくもある。おお、夢よ、空想よ！　君らの甘さはどこへ行ったのか。《甘さ》と並ぶ永遠の脚韻《若さ》はどこへ行ったのか。青春の花冠がついに枯れしぼんだというのはまことか。一編のエレジイも歌わずに、わが生涯の春が飛び去ったのはまことか。（今までの私は、たわむれにそう吹聴していたのだ。）私の春はふたたび帰らないのか。私もやがて三十の声を聞かねばならぬのか。

こうしていよいよ私の真昼が訪れた。今は私もそれを認めなければならぬ。だが、どうしようもない。おお、軽やかな私の青春よ、いざ仲むつまじく別れよう！　快楽、悲哀、あまい苦悩、騒ぎ、あらし、酒宴、そのほか君が贈ってくれた一切に、私はあつく礼を言う。心から君に感謝している。おののきにつけ静けさにつけ、私は君を満喫して来た、……心ゆくまで。ああ、もう沢山だ！　晴れやかな心を抱《いだ》いて、今こそ私は新たな道へ踏み出そう。過ぎ去った生活からほっと一と息つくために。

＊

もう一度うしろを振り向こう。さらば、わが家よ。片田舎にたたずむ君のかたえで、私の日々が、情熱と怠惰と物思わしげな心の夢に満ちあふれつつ流れて行った。また若き日の霊感よ、これからも私の想像をかき立てておくれ、心のまどろみを醒《さ》ましておくれ、私の部屋へたびたび飛んで来ておくれ、詩人の魂を冷まさないでおくれ、残酷な素振りを見せたり、ひからびさせたり、またなつかしい読者よ、私がこれから君たちとふたたび浴《ゆあみ》する社交界の死の陶酔のなかで、あの渦巻のなかで、詩人の魂を化石させないでおくれ！

（一八二六年、ミハイロフスコエ村にて）

第七章　モスクワ

モスクワよ、いとしいロシアの娘よ、
お前ほどの娘がどこで見つかろう！
――ドミートリエフ

生国モスクワを愛さずにいられれようか！
――バラトィンスキイ

「モスクワに八ツ当たりですのね！　世間をご覧になると
そんなものかしら。ではどこがお宜《よろ》しいの？」
「僕らのいないところです。」
――グリボエードフ

やがて春の日差《ひざし》に追われた雪が、付近の山々から濁った流れとなって、水びたしの村の草場へ流れ込んだ。自然は晴れやかな微笑を浮かべつつ、夢見心地で一年の朝を迎える。大空は紺碧《こんぺき》にまばゆく輝きはじめ、まだ見透しのきく林が、綿毛を吹きつけたようにうっすらと緑を帯びて来る。蜜蜂《みつばち》が野原の貢物を求めて、蜜蠟《みつろう》で固めた巣から飛び立つ。谷間がみるみる乾いてさまざまに色づき、家畜の群がざわめき、うぐいすがはやばやと夜のしじまを破って歌い出す。

春よ、春よ、恋の季節よ！ 君の訪れが私には物悲しい。どんな気だるいざわめきが、私の胸に血潮のなかに波立つことか。どんな重苦しい感動を胸に、私は田野の静けさに抱かれて、顔に吹きつける春の息吹《いぶ》きを楽しむことか。それとも楽しみはもう私には縁なきものなのか。喜び、活気づくすべてのもの、狂喜して輝くすべてのものは、久しい以前に死んだ魂には、ただわびしさと気だるさをもたらすだけなのか。死せる魂には一切が暗々と映るものなのか。

それともまたわれわれは、秋に散り落ちた木の葉のよみがえりを喜ぶ気にもなれず、森の新たなざわめきに耳傾けつつ、かえって辛《つら》い喪失を思い起こすのか。それとも生気を取り戻した自然と、二度と帰り来ぬわが青春の凋落《ちょうらく》とを、胸ふさぐ思いに沈みつつ引きくらべるのか。ことによると、詩的な夢のまにまに、別の古い春がわれわれの思索を訪れ、はるけき里、ふしぎな夜、月……などの夢想によって、胸をときめかしてくれるのかも知れない。

だが今こそ時は来た。善良な怠け者の享楽主義者どもよ、のんきな仕合せ者よ、レフシン*の門弟どもよ、田園のプリアモス*らよ、感傷的な婦人たちよ、春が君らを田舎《いなか》へ呼んでいる。——暖かさと花と仕事の時が、霊感に富む散歩と、誘惑的な夜の季節が。友よ、野原へ行き給え！　重い荷を積んだ箱馬車で、また田舎馬車や駅馬車で、早く早く、市の城門を出て行き給え！

また親切な読者よ、君たちははるばる取り寄せた自分の幌馬車《ほろばしゃ》に乗って、冬じゅう浮かれた騒々しい町を捨て、気まぐれな私の詩の女神《ミューズ》とともに、あの村の名も知れぬ小川のほとりで、樫《かし》の葉のざわめきに耳を澄まそう。その村は、つい先ごろの冬まで、怠惰で憂鬱《ゆううつ》な隠遁者であるエヴゲーニイが、いじらしい夢想家のタチヤーナと隣りあって住んでいたところ。だが今はそこには彼の姿も見あたらぬ。……物悲しい足跡を残して立ち去ったのだ。

半円形に連なる山々のあいだを縫って、細い流れが緑なす草場をうねうねと走り、菩提樹《ぼだいじゅ》の林を潜《くぐ》って川へ注ぐあたりへ行って見よう。そこでは春の恋人うぐいすが、夜もすがらさえずり散らし、野ばらが花咲き乱れ、せんせんと湧《わ》く泉の語らいが静かに聞こえる。その野辺のかたえ、年をへた二本松の木陰に淋《さび》しげな石碑が立ち、訪《おとな》う人にこう語りかけている。――「ヴラヂーミル・レンスキイ、享年何歳、何年何月、年若くして勇ましき死をとげ、ここに永眠す。若き詩人よ、安らかに眠れ！」

以前はよく夜明けの微風が、つつましい墳墓に垂れかかる松の枝のうえで、神秘な花輪を揺すぶっていた。以前はよく夜ふけに二つの人影がここへ通い、月明りを浴びつつ墓の前で相擁《あいよう》して泣きぬれていた。だが、今は……淋しい墓碑は忘れ去られた。踏みしだかれた墓への小道も消え去った。枝にかけられた花輪もない。ただひとり、白髪の痩《や》せた羊飼いが、以前のように木陰で歌を口ずさみつつ、貧しいはき物を編んでいるばかりである。

〈…………………………………〉*

可哀そうなレンスキイ！　悲嘆にやつれながらも、オリガはいつまでも涙に暮れてはいなかった。ああ、年若いこのいいなずけは、わが身の悲しみに不実であった。他の男が彼女の心を引きつけて、あまい恋のささやきで首尾よく彼女の苦悶《くもん》をまぎらした。ある槍騎《そうき》兵《へい》がとうとう彼女の心を捕え、心からの彼女の愛を受け取った。……こうしてある日、彼女は彼と並んで婚礼の祭壇の前にぬかずいた。恥ずかしそうに頭を伏せ、伏せた眼に炎を宿し、口もとに軽やかな微笑を浮かべて。

可哀そうなレンスキイ！　墓場のかなた、物言わぬ永遠の国で、落魄《らくはく》の歌びとはこの恐ろしい裏切りの知らせに胸痛めたであろうか。それとも忘却の岸辺に眠って、無感動の幸福に恵まれた詩人は、もはや何事にも胸を痛めず、この世から分けへだてられ、何も聞こえぬのであろうか。……そうだ！　あの世では冷やかな忘却がわれわれを待ち受けている。敵の声も、友の声も、恋人の声も、すべてが突如として沈黙し、あとはただ領地をめぐる相続人の腹立たしげなコーラスが、不作法な争いをはじめるばかりである。

まもなく甲高いオリガの声は、ラーリン家から消えて行った。軍務に縛られた槍騎兵が、新妻を連れて連隊へ帰らねばならなかったのである。娘と別れを交わす時、老婆は辛い涙にかき暮れながら、生きた心地もないかに見えた。一方ターニャは泣くに泣けなかった。悲しげなその顔は、死のような青白さにおおわれていた。家じゅうの人びとが玄関先へ出て、別れを交わしながら新郎新婦の馬車のまわりを右往左往している時、ようやくタチヤーナはふたりを見送りに出た。

長いあいだ、霧を透かすようにして、彼女は馬車の後ろ姿を見送っていた。……こうしてタチヤーナは、独りぼっちになった。ああ、長年の友だち、いとしい若鳩、血を分けた親友は、今や運命の手で遠いかなたへ連れ去られ、永遠に彼女から引きはなされたのだ。彼女は影のようにあてどなくさまよい歩き、人気《ひとけ》のない庭を眺めて見た。……どこにも、何のなかにも慰めの種《たね》はなく、抑えられた涙を和らげるよすがとて見あたらなかった。――心は真《ま》っ二《ぷた》つに張り裂けんばかりだった。

残酷な孤独に虫ばまれつつ、彼女の情熱は一そう激しく燃えあがり、その胸は遠く去ったオネーギンのことをいよいよ高らかに語りつづけた。二度と彼に会うことはあるまい、いや、自分の義弟となる人の下手人として、彼を憎悪せねばならない。詩人は非業の最期を遂げたのだ。……だが今はもう誰ひとり詩人のことを思い出す者もなく、彼のいいなずけもあだし男に身をまかした。青空へ立ち昇る煙のように、詩人の思い出は飛び去った。おそらくはふたつの心が、今もなお彼を思って悲しんでいるだろう。……だが、今さら何を悲しむのか。

ある宵《よい》のことであった。空は暮れていた。川面《かわも》は静かに流れ、甲虫がぶんぶん羽音を立てていた。輪舞の群はもう散り帰り、向う岸には漁夫のかがり火が、煙を立てながらあかあかと燃えていた。タチヤーナは物思いに沈んだまま、皓々《こうこう》たる月明りを浴びつつ、ただひとり広野原を長いあいだ歩いて行った。そのうちに、突然彼女は小高い丘に出て、眼下に地主屋敷や、部落や、木立や、明るい川にのぞんで果樹園が広がっているのを見た。その夜景を見下ろしているうちに、ふと彼女の胸は激しく打ちはじめた。

彼女はためらいに思い惑った。――『丘を下りようか、このまま引き返そうか。……あの人はここにはおらず、誰も私を知らない。……でも、家とあの庭を一《ひ》目《め》見て行こう。』

タチヤーナは、あえぎあえぎ丘を下りて、不安に満ちた視線をあたりにめぐらす。……やがて彼女は淋しい邸内へ足を踏み入れた。と、不意に数頭の犬が激しく吠《ほ》えながら彼女めがけて飛んで来た。彼女の悲鳴を聞きつけて、屋敷番の子供たちがばらばらと走って来た。少年たちは見知らぬ令嬢をかばって、ようやく犬の群を追い散らした。

「このお屋敷を見せてもらえないかしら。」――ターニャはこうたずねた。

子供たちは玄関の鍵をもらいに、大急ぎで女中頭のアニーシヤのところへ駆け出した。アニーシヤはすぐに出て来て、玄関の扉を開けた。ターニャはつい最近までわが主人公の住んでいた主《あるじ》なき家へ入った。見ると、広間の玉突台のうえには忘れられたキューが憩《いこ》い、皺《しわ》だらけの安楽椅子のうえには細い乗馬むちが乗っている。ターニャはさらに奥へ進んだ。老婆が彼女にこう言った。――

「こちらが壁炉《カミン》で、ここに旦那《だんな》様はよくおひとりですわっておいででした。冬にはよくここで、隣り村の亡くなったレンスキイ様が、ご一緒にお食事をなさいました。どうぞこちらへお通りなさいまし。ここが旦那様の書斎でございます。ここで旦那様はお寝《やす》みになったり、コーヒーを召し上がったり、執事の報告をお聞きになったり、また毎朝、ご本をお読みでございました。……先の大旦那様も、ここで寝起きをなさって、よく日曜日にはわたくしを相手にカルタをなさいましたっけ。ここの窓ぎわで、眼鏡をお掛けになって。どうぞ神様、大旦那様のみたまにお救いを！　お墓のなかに、母なる大地にお休み遊ばすお骨に、安らぎを！」

感動にあふれた目差《まなざし》で、タチヤーナは周囲のすべてをまじまじと見つめた。何もかもが限りなく尊く思われ、何もかもが半ば苦しげな喜びで力ない彼女の心をよみがえらした。――今は火の消えたランプの載っているテーブルも、本の山も、絨毯織《じゅうたんおり》の掛布におおわれた窓ぎわの寝台も、月明りを浴びた薄暗い窓外の景色も、部屋にただよう青白い薄明りも、バイロン卿の肖像画も、帽子の下から陰鬱な額《ひたい》をのぞかせ、両手を十字に組んだ鋳物の小像＊の立っている小テーブルも。

タチヤーナは長いあいだこの流行の庵室《あんしつ》に、魅せられたようにたたずんでいた。だが夜もふけた。冷たい風が立っていた。谷は黒ずみ、木立は霧立ちけぶる川のほとりでこんこんと眠り、月は山の端に落ちていた。もうとうから、若い愛らしい巡礼娘の、わが家へ帰る時刻である。ターニャは胸の高鳴りを押し隠し、それでも思わずほっとため息をついて家路についたが、別れる前に彼女は、あらためてこの主なき屋敷を訪れ、ひとりで本を読ませてはもらえないかと許しを乞うた。

　タチヤーナは門を出たところで、鍵番の老婆と別れを交わした。中一日おいた翌々日の朝はやく、ふたたび彼女は打ち捨てられた玄関へ姿を見せ、物言わぬ書斎にただひとり、この世の一切を忘れて居残ると、長いあいださめざめと泣いた。それから彼女は本に手をふれた。最初はとても読む気にはなれなかったが、やがてふとそれらの本の選択が何か奇妙に思われて来た。タチヤーナは貪《むさぼ》るように読みはじめた。と不意に、全く新しい世界が彼女の前にひらけた。

　われわれはエヴゲーニイが、以前から読書に愛想をつかしていたのを知っているが、それでも何冊かの作品は彼の不興を免がれていた。――ギャウールとジュアンとの歌い手（バイロンのこと）や、他に二、三の小説である。そうした作品のなかでは時代の姿が反映され、また現代人と、その利己的な、ひからびた、でたらめに空想的な、不徳義な魂、空しい行為に沸き立つ、怨《うら》みがましい知恵などが、かなり正しく描かれていた。

多くのページに、鋭い爪跡が残っていた。注意ぶかいタチヤーナの眼が、生き生きとその爪跡に注がれた。どんな思想や考えにオネーギンが日ごろ心を打たれていたか、どんな意見に無言で同意していたかを、彼女は胸ときめかせつつ見つめた。また彼女は余白に、鉛筆の印を見つけた。いたるところにオネーギンの心が知らぬまに透けて見えた。ある時は短評や×印によって、またある時は疑問符によって。

こうしてわがタチヤーナは、自分が権力的な運命によって一体どんな男にため息を捧《ささ》げる羽目となったかを、運よくはっきり理解しはじめた。あの悲しげな、危険な変人は、地獄の生み落とした子か、天の作った子か、天使なのか、傲慢な悪魔なのか。また単なる模倣、詰まらぬ幻影、それともハロルドのマントを着たモスクワ人、他人の気まぐれの注釈者、はやり言葉の辞書なのか。……要するに彼はパロディに過ぎないのか。

今や彼女は謎《なぞ》を解いたのか。解答を見つけたのか。時計の針はずんずんまわって行く。彼女は自分が、もうさっきから家で待たれているのをすっかり忘れていた。そのころ家ではふたりの隣人が落ちあって、今をしきりと彼女のことを話していた。

「ほんとにどうすればいいのでしょう。タチヤーナも子供じゃなし。」老婆がため息まじりにこう言う。「オーレンカのほうが妹ですもの。もうどうしてもあの娘《こ》を片づけなければ。ただあたしにどうしようがありましょう。誰も彼もいやだ、いやだの一点張り。しじゅうふさぎ込んで、森のなかをひとりで歩きまわっているのです。」

「恋をなさっておいでじゃありませんか？」

「一体どなたに？　ブヤーノフさんのお話がありましたが、断わりました。イワン・ペトゥシコーフさんのお話も。驃騎兵《ひょうきへい》のプィフチンさんのお宿をした時には、どんなにターニャにのぼせなさって、あの娘《こ》の機嫌をお取りになったことでしょう。あたしも今度こそはと思っていましたが、それが、またダメで。」

「どうでしょう、奥さん、そんなにやきもきなさるより、いっそモスクワへおいでなさい、花嫁の定期市へ！　あそこには、にぎやかな場所が沢山《たくさん》あると言いますから。」

「でも、あなた、手もとが淋しくては。」

「ひと冬ぐらいなら大丈夫。それに何なら、私がお立替えしましょう。」

老婆は、分別のある、親切な忠告を心から喜んで、胸算用をするとすぐ、その冬モスクワへ行くことに決めてしまった。ターニャもこのニュースを聞いた。いかにも田舎者らしい素朴さや、流行おくれの衣裳や、時代おくれの話しぶりを、口やかましい社交界の批判にさらしたり、モスクワの伊達男《だておとこ》や妖婦たちの嘲笑的《ちょうしょうてき》な目差を引きつけたり……

ああ、思うだに恐ろしい！　いや、むしろ淋しい森の奥に引きこもっていたほうが、ターニャにはずっと居心地がよかったのだ。

それ以来タチヤーナは、朝の初光とともに起き、急いで野原へ駆け出すと、感動にあふれた眼であたりを見まわしながら、こう話しかけた。——

「さようなら、平和な谷よ、なつかしい山の頂《いただき》よ、幼なじみの森よ！　さようなら、うるわしい大空よ、さようなら、陽気な自然よ！　私は愛《いと》しい静かな世界を、まばゆい浮き世の騒がしさに見変えることになったの。……私の自由よ、お前ともお別れなの。私はどこへ、何を求めて進むのだろう。私の運命はどんな将来を約束してくれるのかしら。」

彼女の散歩はその後もつづいた。ある時は小さな丘が、ある時は小川が、それぞれの美しさでふとタチヤーナの足を引き止めた。まるで幼なじみの親友と別れを交わすように、彼女は大急ぎで林や草場とも話しあった。だがそのあいだにも、夏は素早く飛び去って行き、黄金色《こがねいろ》の秋がめぐって来た。自然は、はなやかに飾り立てられた犠牲《いけにえ》のように、打ちふるえ、青ざめる。……と見るまに、北風が黒雲を追いつつふっと吐息をもらし、ひゅうとうなりはじめると、もう冬の魔女が近づいている。

ついに冬が訪れて、そこここに飛び散った。樫の枝々に綿切れのようにぶら下がったり、野原のうえ、丘のまわりに波打つ絨毯を敷き展《の》べたり、柔らかい覆いとなって岸と動かぬ川面とを平らにしたりした。やがて酷寒がきらりと光る。われわれは母なる冬の気まぐれを喜ぶものだが、ターニャだけは喜ぶ気にはなれなかった。彼女は冬を迎えに出ようとも、氷のちりを吸おうとも、風呂場の屋根の初雪で、顔や肩や胸を洗い清めようともしなかった。タチヤーナは冬の旅路が恐ろしかった。

旅立ちの日はもう幾度も延ばされて、とうとう最後の期限が近づいて来た。忘れて打ち捨てられていた箱橇が、点検され、張り変えられ、修繕される。習慣どおり三台の幌橇に、さまざまな世帯道具——鍋《なべ》、椅子、トランク、罎《びん》入りのジャム、敷ぶとん、羽ぶとん、鶏を入れた籠《かご》、つぼ、金だらいなど——ありとあらゆるものが積み込まれる。召使たちの住む小屋のほうからは、騒々しい物音や別れを惜しむ泣き声が聞こえ、十八頭のやせ馬が中庭へ引いて来られる。

馬が主人の箱橇へつけられ、料理番が朝の食事のしたくをし、幌橇が荷物の山で盛りあがり、女どもや御者たちがののしりあう。ひげを生やした御者頭《ぎょしゃがしら》が、やせたむく毛の馬の背にまたがる。召使たちが、主人に別れを告げるために、門のそばへ駆け出した。

ついに一同が乗り込んで、箱橇が雪道を滑りながら門を出た。

「さようなら、平和な土地よ！　さようなら、孤独な隠れ家よ！　いつの日かまた会えるだろうか。……」

ターニャの両眼からは、涙が小川のようにはらはらと流れ落ちた。

やがてありがたい文明開化の風が津々浦々へ及ぶようになれば、時を追うに従って（哲学的な統計表によると五百年ほど先の話であるが）、わが国の道路は必ずや面目を一新するに違いない。舗装道路がロシアを縦横に横切って交わり、鉄橋が大きな弧を描いて川をまたぎ、山々が切り開かれ、川の下には大胆なアーチが掘り抜かれ、そうして正教国の民は、宿場宿場に料理店を開くことだろう。

ところが今のところ、わが国の道路はさんざんで、橋は打ち捨てられて腐り、宿場では南京虫《なんきんむし》とのみが眠る間をうばい、料理店は見あたらぬ。寒々とした丸太小屋の中に入れば、勿体《もったい》ぶった、そのくせ貧弱な献立表がほんの体裁だけ掲げてあって、いたずらに食欲をそそるばかり。一方、村の鍛冶屋《かじや》と言えば、ちろちろと燃える火の前で、祖国の道のわだちの跡や穴ぼこを祝福しつつ、ヨーロッパ製の軽やかな車をロシアの槌《つち》で直している。

その代り、寒い真冬の時節には、旅は愉快で気持がいい。まるで今をはやりの無意味な歌の文句のように、真冬の道は滑らかである。わが国のアウトメドーン*たるわがトロイカは、敏捷《びんしょう》なうえに疲れを知らず、見る見るうちに里程標が、漫然たる視線を慰めながら、垣根のように閃《ひらめ》いて飛び過ぎる。だが不幸なことにラーリン夫人は、旅費のかさむのを恐れ、駅橇を見合わせてわが家の橇で揺られて行ったため、タチヤーナは旅の退屈さをいやと言うほど味わった。彼女たちは丸七昼夜、旅をつづけた。

だが見よ、ようやく間近に迫った。行く手には白い石の都モスクワの、古い寺院の丸屋根が、炎のように金色《こんじき》の十字架をきらめかせて燃えている。ああ、同胞《はらから》よ、突然行く手に教会や、鐘楼や、庭園や、宮殿がずらりと半円形に開けているのを見た時、私はどんなに嬉《うれ》しかったことか。さすらい漂うわが運命にもてあそばれて、悲しい別離の旅にある時、モスクワよ、私は幾《いく》たびお前のことを思い浮かべたことか。モスクワ……わがロシア人の心にとって、この響きには、どんなに沢山の思いがこめられていることか。どんなに沢山の思いが鳴り響くことか。

見よ、深い樫の林に打ち囲まれて、ペトローフスキイ城が、憂鬱な風情《ふぜい》のうちにも過ぎし日の栄誉を誇っている。かつてナポレオンが、最後の幸福に酔いつつ、モスクワが膝を屈して古いクレムリン宮の鍵束を捧げるのを、むなしく待った場所である。いや、わがモスクワは、悄然《しょうぜん》と首うなだれて彼の足下にひざまずきはしなかった。モスクワが性急なあの英雄に準備したのは、祝典や貢物ではなくて、火事であった。そこから彼は深い思いに打ち沈みつつ、恐ろしい炎の渦を見おろしたのだ。

さらば！　亡びたる栄誉の目撃者ペトローフスキイ城よ！　さあ、足を止めずに先へ進もう！　もう城門の柱の列が白く浮かんで見える。もう箱橇は、トヴェルスカーヤ通りのでこぼこ道をまっしぐらに走っている。番小屋、女、子供たち、小店、街灯、宮殿、庭園、寺院、ブハラ人、橇、菜園、商人、掘立《ほったて》小屋、百姓の群、並木道、塔、コサック兵、薬局、流行品店、バルコニー、門に坐る獅子像、十字架にとまった烏《からす》の群――すべてがちらりと見えては飛び去って行った。

〈……………………………………………………〉＊

うんざりするようなこんな道を、一、二時間通ってから、箱橇はハリトーニエにほど近い横町の、とある屋敷の前に止まった。足かけ四年、肺を病んでいる年取った叔母《おば》さんの家へ、ようやく到着したのである。眼鏡をかけ、破れ放題のカフタンを着た白髪のカルムィク人が、手に長靴下をはめて扉を開けてくれる。客間へ通ると、ソファに寝そべっていた公爵夫人の叫び声が、母親と娘を迎える。ふたりの老婆は涙ながらにひしと抱きあい、感激の声が口を突いて流れ出た。

「ああ、公爵夫人、mon ange《モナンジュ》！〔あたしの天使〕」

「Pachette《パシェット》！」

「アリーナ！」

「ほんとに思いがけない！　久しぶりねえ。長いこといられるの？　ほんとに、あなた！　まあお掛けなさい、夢のよう。小説のなかみたい。……」

「これが、うちのタチヤーナなの。」

「まあ、ターニャ！　こちらへいらっしゃい。まるで夢でも見ているみたい。……あなた、グランディソンを覚えていて？」

「グランディソン？……ああ、あのグランディソン！　ええ、覚えてるわ、覚えている。今どこにおいでなの？」

「モスクワにいるわ、シメオン通りに。クリスマスの前日にお見舞いに来てくれたの。ついこのあいだ、息子さんにお嫁をもらいなすった。それから……でも、あとでゆっくりお話しましょう。そうじゃなくって？　あしたになったら、親戚じゅうにターニャを見せてやりましょうよ。ただ、口惜しいわ、あたしには馬車を乗りまわす力がないの、ようやく足を引きずって歩いているのですもの。でも、道中お疲れになったでしょう。一緒に行って一《ひ》と休みしましょうよ。……ああ、もう体力がないの、……胸がだるくって……今じゃもう、悲しみばかりか、喜びまでが苦しいの。……もうあなた、何の役にも立たないわ。……年を取ると、生きているのがほんとにいやだ……」

すっかり疲れ切った彼女は、こう言うと涙をためて咳き込んだ。

タチヤーナは、病める叔母の愛撫《あいぶ》にも喜びにも心を打たれはしたものの、自分の居間に慣れ切っていたので、新しい住いが落ち着かなかった。彼女は、絹のとばりを下ろした新しい寝台ではおちおち寝られず、朝の仕事の先ぶれである早朝の鐘の音を聞くと、床《とこ》から起きあがり、窓辺に腰を下ろした。夜闇がだんだん薄れて行くのに、あのなつかしい野原の景色は浮きあがらず、眼の前には見なれぬ中庭や、馬小屋や、料理場や、垣根が姿を見せる。

やがてターニャは、毎日親戚の食事に連れまわされて、物憂《ものう》げな顔をお婆さんやお祖父《じい》さんに見せることになった。遠来のこの親戚は、いたるところで親切に迎えられて、感嘆の叫びや手あついもてなしを受けた。「まあ大きくなったこと。ついこのあいだ洗礼してあげたような気がするのに。」「私はお前を両手で抱いたものですよ。」「私は耳を引っ張った。」「私は砂糖菓子を食べさせましたよ。」そしてお婆さんたちが声をそろえて繰り返すのは、「月日の経つのは早いものだ！」

しかしそういう親戚たちには何の変化も認められず、すべては昔のままなのである。叔母さんの公爵夫人エレーナは、あいも変らず絹レースのナイトキャップをかぶっているし、ルケーリヤ・リヴォーヴナはやはり顔に白粉《おしろい》をぬり、リュボーフィ・ペトローヴナはあい変らず嘘《うそ》八百を並べ、イワン・ペトローヴィチはやっぱり間が抜けている。セミョーン・ペトローヴィチは今もやっぱりけちんぼで、ペラゲーヤ・ニコラーエヴナには、あい変らずフィンムーシュというフランス人の親友や、昔と同じ飼犬や、あいも変らぬ夫がいる。その夫はやはりクラブの几帳面な会員で、やっぱり物静かで耳が遠く、昔ながらに二人前飲んだり食べたりしているのである。

彼らの娘たちはターニャを抱いて挨拶《あいさつ》をした。モスクワの若い美女たちは、最初だまって彼女を足の先から頭まで見まわし、何となく風変りな、田舎臭《くさ》い、気取った、そのうえ青白い、痩せた娘だが、それでもなかなか美しいと見て取った。それから自然の命ずるままに仲好《なかよ》しになり、自分の部屋へ連れて行き、キスをしたり、優しく手を握り締めたり、彼女のちぢれ髪を今様に結い直したり、またおとめ心のおとめの秘密や、ひとの恋じぶんの恋の勝利や、希望や、たわむれや、さまざまの空想を、歌うように打ち明けたりもした。無邪気な話は、軽い誹謗《ひぼう》の飾りをつけて流れて行く。やがて令嬢たちはそうしたおしゃべりのお返しに、偽りのない告白をタチヤーナから熱心に求めた。ところが彼女は、まるで夢でも見ているように、ただぼんやりと話を聞いていたので、何が何やらわからなかった。そして彼女は自分の胸の秘密、――涙と幸福のひそかな倉をそっと心に秘めたまま、とうとう誰にも分《わか》たなかった。

タチヤーナは座談や会話に聞き入りたいとは思ったが、客間のみんなが興味を持つのは、とりとめもない俗悪なたわ言ばかり、すべてが生気に乏しく冷やかで、中傷の言葉までが退屈だった。無味乾燥な話、質問、陰口、ニュース、――たとい夜昼ぶっつづけに聞いていたとしても、思想の燃えあがりなどは間違っても聞かれず、力ない知恵のほほえみ一つ浮かぶことも、たわむれにせよ心のふるえることもない。空虚な社交界よ、君たちのあいだでは、滑稽な愚行にさえもお目にはかかれぬ！

社交界の花形である青年官吏の群は、気取った様子でターニャを眺めながら、小声で彼女の悪口を言いあった。ただひとり、あるみじめな道化者が彼女を理想の女性と考えて、そっと扉に身を寄せながら、彼女に捧げるエレジイを苦吟していた。ヴャーゼムスキイ公爵は、退屈な叔母さんの家でターニャに会い、ふと彼女のそばに腰を下ろして、どうにか彼女の心をはずませた。またある老人がすぐそばでターニャを見て、かつらを直しながら彼女のことを根掘り葉掘り聞きただしていた。

　しかし、あらあらしい悲劇の女神《メルポメネー》（悲劇女優のこと）が、長く尾を引く絶叫を張りあげながら、冷淡な観客の前で金ピカのマントを振っているところ、また喜劇の女神《タリヤ》（喜劇女優のこと）が親しげな拍手も耳に入らず静かにまどろんでいるところ、あるいはまた舞踊の女神《テルプシコラア》がただひとり若い観客の思いをそそっているところ（そのむかし諸君や私が見惚れた時と同じである）、そこでは桟敷《さじき》や椅子席をうめる貴婦人たちの嫉妬ぶかい柄付眼鏡《ロルネット》も、流行ずくめの通人たちのオペラグラスも、ターニャの姿を追わなかった。

　彼女はまた夜会へも連れて行かれた。そこでは人混み、ざわめき、人いきれ、楽隊のとどろき、燭台《しょくだい》のきらめき、目まぐるしく渦まく腕組みあった男女たち、美しい婦人たちの軽やかな装い、色とりどりに着飾った人びとの合唱、ずらりと居並ぶ、婿《むこ》さがしの令嬢たち、——すべてが不意に彼女の気持を動顚《どうてん》させた。そこでは名うての伊達者《だてしゃ》たちが、持ち前の厚顔無恥《こうがんむち》と、チョッキと、ぞんざいな柄付眼鏡をひけらかす。また休暇をもらった驃騎兵らが大急ぎで姿を見せ、騒いだり時を得顔にふるまったり、はては婦人の心を捕えて飛び去って行く。

夜空にあまたの美しい星があるように、モスクワにも美女は数多いけれど、わけても明るい夜空の友が濃紺《のうこん》の虚空を渡る月であるように、私がわが竪琴《たてごと》で騒がすのをはばかるそのひとは、あの崇高《すうこう》な月のごとく、居流れる人妻や令嬢のただなかで、ただひとりまばゆく輝いている。ああ、何というこの世ならぬ誇りを抱《いだ》きつつ、彼女は地上に足を触れていることか。彼女の胸はどれほど逸楽にあふれていることか。彼女の妙なる目差はどんなに物憂げに見えることか。……だが、もう沢山だ、沢山だ。やめ給え。私はもう狂気にたっぷり貢物を捧げてあるのだ。

ざわめき、笑い声、右往左往、会釈、ギャロップ、マズルカ、ワルツ……それらをよそにタチヤーナは、ふたりの叔母に挟まれて、円柱の陰から誰にも姿を見られずに眺めていたが、何ひとつ眼には入らず、社交界のむだ騒ぎを憎んでいた。彼女は息苦しくてならなかった。……空想の翼に乗って彼女は、野原の生活へ、村へ、貧しい村人たちのところへ、清らかな小川のせせらぐ淋しい土地へ、幼なじみの花々や小説のところへ、うす暗い菩提樹の並木道、——あの人が姿を見せたあの並木道へ、誘われて行った。

《日本文学(古典)》〔黄〕

古事記　倉野憲司校注
日本書紀　全五冊　坂本太郎・家永三郎・井上光貞・大野晋 校注
万葉集　全五冊　佐竹昭広・山田英雄・工藤力男・大谷雅夫・山崎福之 校注
竹取物語　阪倉篤義校訂
伊勢物語　大津有一校注
玉造小町子壮衰書 ―小野小町物語　杤尾武校注
古今和歌集　佐伯梅友校注
土左日記　紀貫之 鈴木知太郎校注
蜻蛉日記　今西祐一郎校注
紫式部日記　池田亀鑑・秋山虔 校注
紫式部集 付 大弐三位集・藤原惟規集　紫式部 南波浩校注
源氏物語　全九冊　柳井滋・室伏信助・大朝雄二・鈴木日出男・藤井貞和・今西祐一郎 校注
源氏物語補作 山路の露・雲隠六帖 他二篇　今西祐一郎編注
枕草子　池田亀鑑校訂
和泉式部日記　清水文雄校注
更級日記　西下経一校注

今昔物語集　全四冊　池上洵一編
堤中納言物語　大槻修校注
西行全歌集　久保田淳・吉野朋美 校注
建礼門院右京大夫集 付 平家公達草紙　久松潜一・久保田淳 校注
拾遺和歌集　小町谷照彦・倉田実 校注
後拾遺和歌集　久保田淳・平田喜信 校注
金葉和歌集　川村晃生・柏木由夫・伊倉史人 校注
詞花和歌集　工藤重矩校注
古語拾遺　斎部広成撰 西宮一民校注
王朝漢詩選　小島憲之編
新訂 方丈記　市古貞次校注
新訂 新古今和歌集　佐佐木信綱校訂
新訂 徒然草　西尾実・安良岡康作 校注
平家物語　全四冊　梶原正昭・山下宏明 校注
神皇正統記　北畠親房 岩佐正校注
御伽草子　全二冊　市古貞次校注
王朝秀歌選　樋口芳麻呂校注

定家八代抄 ―続王朝秀歌選　全二冊　樋口芳麻呂・後藤重郎 校注
閑吟集　真鍋昌弘校注
中世なぞなぞ集　鈴木棠三編
千載和歌集　久保田淳校注
謡曲選集 読む能の本　野上豊一郎編
おもろさうし　外間守善校注
太平記　全六冊　兵藤裕己校注
好色一代男　井原西鶴 横山重校訂
好色五人女　井原西鶴 東明雅校註
武道伝来記　井原西鶴 前田金五郎・横山重 校注
西鶴文反古　井原西鶴 片岡良一校訂
芭蕉紀行文集 付 嵯峨日記　中村俊定校注
芭蕉おくのほそ道 付 曾良旅日記・奥細道菅菰抄　萩原恭男校注
芭蕉俳句集　中村俊定校注
芭蕉連句集　中村俊定・萩原恭男 校注
芭蕉書簡集　萩原恭男校注
芭蕉文集　潁原退蔵編註

芭蕉俳文集 全二冊　堀切実編注
芭蕉自筆 奥の細道　上野洋三・櫻井武次郎校注
蕪村俳句集 付 春風馬堤曲 他二篇　尾形仂校注
蕪村七部集　伊藤松宇校訂
近世畸人伝　伴蒿蹊　森銑三校註
雨月物語　上田秋成　長島弘明校注
宇下人言 修行録　松平定信　松平定光校訂
新訂 一茶俳句集　丸山一彦校注
一茶 父の終焉日記・おらが春 他一篇　矢羽勝幸校注
増補 俳諧歳時記栞草 全二冊　曲亭馬琴編　藍亭青藍補　堀切実校注
北越雪譜　鈴木牧之編撰　京山人百樹刪定　岡田武松校訂
東海道中膝栗毛 全二冊　十返舎一九　麻生磯次校注
浮世床　式亭三馬　和田万吉校訂
梅暦 全二冊　為永春水　古川久校訂
百人一首一夕話 全二冊　尾崎雅嘉　古川久校訂
こぶとり爺さん・かちかち山 ―日本の昔ばなしⅠ　関敬吾編
桃太郎・舌きり雀・花さか爺 ―日本の昔ばなしⅡ　関敬吾編
一寸法師・さるかに合戦・浦島太郎 ―日本の昔ばなしⅢ　関敬吾編
芭蕉臨終記 花屋日記 付 芭蕉翁終焉記・前後日記・行状記　小宮豊隆校訂
醒睡笑 全二冊　安楽庵策伝　鈴木棠三校注
歌舞伎十八番の内 勧進帳　郡司正勝校注
江戸怪談集 全三冊　高田衛編・校注
柳多留名句選　山澤英雄選　粕谷宏紀校注
松蔭日記　上野洋三校注
鬼貫句選・独ごと　復本一郎校注
井月句集　復本一郎編
花見車・元禄百人一句　雲英末雄・佐藤勝明校注
江戸漢詩選 全二冊　揖斐高編訳
説経節 俊徳丸・小栗判官 他三篇　兵藤裕己編注

《日本思想》〔青〕

- 風姿花伝（花伝書） 世阿弥 / 野上豊一郎・西尾実 校訂
- 五輪書 宮本武蔵 / 渡辺一郎 校注
- 葉隠 全三冊 山本常朝 / 和辻哲郎・古川哲史 校訂
- 養生訓・和俗童子訓 貝原益軒 / 石川謙 校訂
- 貝原益軒 大和俗訓 石川謙 校訂
- 蘭学事始 杉田玄白 / 緒方富雄 校註
- 島津斉彬言行録 牧野伸顕 序
- 塵劫記 吉田光由 / 大矢真一 校注
- 兵法家伝書 付 新陰流兵法目録事 柳生宗矩 / 渡辺一郎 校注
- 農業全書 宮崎安貞 編録 / 貝原楽軒 刪補 / 土屋喬雄 校訂
- 上宮聖徳法王帝説 東野治之 校注
- 霊の真柱 平田篤胤 / 子安宣邦 校注
- 仙境異聞・勝五郎再生記聞 平田篤胤 / 子安宣邦 校注
- 茶湯一会集・閑夜茶話 井伊直弼 / 戸田勝久 校注
- 西郷南洲遺訓 附 手抄言志録及遺文 山田済斎 編
- 文明論之概略 福沢諭吉 / 松沢弘陽 校注

- 新訂 福翁自伝 富田正文 校訂
- 学問のすゝめ 福沢諭吉
- 福沢諭吉教育論集 山住正己 編
- 福沢諭吉家族論集 中村敏子 編
- 福沢諭吉の手紙 慶應義塾 編
- 新島襄の手紙 同志社 編
- 新島襄 教育宗教論集 同志社 編
- 新島襄自伝 —手記・紀行文・日記 同志社 編
- 植木枝盛選集 家永三郎 編
- 日本の下層社会 横山源之助
- 中江兆民 三酔人経綸問答 桑原武夫・島田虔次 訳・校注
- 中江兆民評論集 松永昌三 編
- 一年有半・続一年有半 中江兆民 / 井田進也 校注
- 憲法義解 伊藤博文 / 宮沢俊義 校註
- 日本風景論 志賀重昂 / 近藤信行 校訂
- 日本開化小史 田口卯吉 / 嘉治隆一 校訂
- 新訂 蹇蹇録 —日清戦争外交秘録 陸奥宗光 / 中塚明 校注

- 茶の本 岡倉覚三 / 村岡博 訳
- 武士道 新渡戸稲造 / 矢内原忠雄 訳
- 新渡戸稲造論集 鈴木範久 編
- キリスト信徒のなぐさめ 内村鑑三
- 余はいかにしてキリスト信徒となりしか 内村鑑三 / 鈴木範久 訳
- 代表的日本人 内村鑑三 / 鈴木範久 訳
- 後世への最大遺物・デンマルク国の話 内村鑑三
- 宗教座談 内村鑑三
- ヨブ記講演 内村鑑三
- 足利尊氏 山路愛山
- 徳川家康 全二冊 山路愛山
- 妾の半生涯 福田英子
- 三十三年の夢 宮崎滔天 / 島田虔次・近藤秀樹 校注
- 善の研究 西田幾多郎
- 西田幾多郎哲学論集 II —論理と生命 他四篇 上田閑照 編
- 西田幾多郎哲学論集 III —自覚について 他四篇 上田閑照 編
- 西田幾多郎歌集 上田薫 編

西田幾多郎講演集　田中裕編
西田幾多郎書簡集　藤田正勝編
帝国主義　幸徳秋水／山泉進校注
兆民先生 他八篇　幸徳秋水／梅森直之校注
基督抹殺論　幸徳秋水
貧乏物語　河上肇／大内兵衛解題
河上肇評論集　杉原四郎編
西欧紀行 祖国を顧みて　河上肇
中国文明論集　宮崎市定／礪波護編
史記を語る　宮崎市定
中国史 全二冊　宮崎市定
大杉栄評論集　飛鳥井雅道編
女工哀史　細井和喜蔵
奴隷 —小説・女工哀史1　細井和喜蔵
工場 —小説・女工哀史2　細井和喜蔵
初版 日本資本主義発達史 全二冊　野呂栄太郎
谷中村滅亡史　荒畑寒村

遠野物語・山の人生　柳田国男
海上の道　柳田国男
野草雑記・野鳥雑記　柳田国男
孤猿随筆　柳田国男
婚姻の話　柳田国男
都市と農村　柳田国男
十二支考 全二冊　南方熊楠
津田左右吉歴史論集　今井修編
特命全権大使 米欧回覧実記 全五冊　久米邦武編／田中彰校注
日本イデオロギー論　戸坂潤
古寺巡礼　和辻哲郎
風土 —人間学的考察　和辻哲郎
イタリア古寺巡礼　和辻哲郎
倫理学 全四冊　和辻哲郎
人間の学としての倫理学　和辻哲郎
日本倫理思想史 全四冊　和辻哲郎
「いき」の構造 他二篇　九鬼周造

九鬼周造随筆集　菅野昭正編
偶然性の問題　九鬼周造
時間論 他二篇　九鬼周造／小浜善信編
田沼時代　辻善之助
パスカルにおける人間の研究　三木清
構想力の論理 全二冊　三木清
漱石詩注　吉川幸次郎
新版 きけわだつみのこえ —日本戦没学生の手記　日本戦没学生記念会編
新版 第二集 きけわだつみのこえ —日本戦没学生の手記　日本戦没学生記念会編
君たちはどう生きるか　吉野源三郎
地震・憲兵・火事・巡査　山崎今朝弥／森長英三郎編
懐旧九十年　石黒忠悳
武家の女性　山川菊栄
覚書 幕末の水戸藩　山川菊栄
忘れられた日本人　宮本常一
家郷の訓　宮本常一
大阪と堺　三浦周行／朝尾直弘編

国家と宗教 —ヨーロッパ精神史の研究　南原繁
石橋湛山評論集　松尾尊兊編
民藝四十年　柳宗悦
手仕事の日本　柳宗悦
工藝文化　柳宗悦
南無阿弥陀仏 付 心偈　柳宗悦
柳宗悦茶道論集　熊倉功夫編
雨夜譚 —渋沢栄一自伝　長幸男校注
中世の文学伝統　風巻景次郎
平塚らいてう評論集　小林登美枝・米田佐代子編
最暗黒の東京　松原岩五郎
日本の民家　今和次郎
原爆の子 —広島の少年少女のうったえ 全二冊　長田新編
暗黒日記 —一九四二—一九四五　清沢洌・山本義彦編
臨済・荘子　前田利鎌
『青鞜』女性解放論集　堀場清子編
大津事件 —ロシア皇太子大津遭難　尾佐竹猛・三谷太一郎校注

幕末遣外使節物語 —夷狄の国へ　尾佐竹猛・吉良芳恵校注
極光のかげに —シベリア俘虜記　高杉一郎
イスラーム文化 —その根柢にあるもの　井筒俊彦
意識と本質 —精神的東洋を索めて　井筒俊彦
神秘哲学 —ギリシアの部　井筒俊彦
意味の深みへ —東洋哲学の水位　井筒俊彦
コスモスとアンチコスモス —東洋哲学のために　井筒俊彦
幕末政治家　福地桜痴・佐々木潤之介校注
渡辺一夫評論選 狂気について 他二十二篇　大江健三郎・清水徹編
維新旧幕比較論　木下真弘・宮地正人校注
被差別部落一千年史　高橋貞樹・沖浦和光校注
花田清輝評論集　粉川哲夫編
英国の文学　吉田健一
中井正一評論集　長田弘編
山びこ学校　無着成恭編
考史遊記　桑原隲蔵
福沢諭吉の哲学 他六篇　丸山眞男・松沢弘陽編

政治の世界 他十篇　丸山眞男・松本礼二編注
超国家主義の論理と心理 他八篇　丸山眞男・古矢旬編
田中正造文集 全二冊　由井正臣・小松裕編
国語学史　時枝誠記
定本 育児の百科 全三冊　松田道雄
大西祝選集 哲学篇 全二冊　小坂国継編
哲学の三つの伝統 他十二篇　野田又夫
大隈重信演説談話集　早稲田大学編
大隈重信自叙伝　早稲田大学編
人生の帰趣　山崎弁栄
転回期の政治　宮沢俊義
何が私をこうさせたか —獄中手記　金子文子
明治維新　遠山茂樹
禅海一瀾講話　釈宗演
明治政治史　岡義武
転換期の大正　岡義武
山県有朋 —明治日本の象徴　岡義武

近代日本の政治家　岡義武
ニーチェの顔 他十三篇　氷上英廣　三島憲一編
伊藤野枝集　森まゆみ編
前方後円墳の時代　近藤義郎
日本の中世国家　佐藤進一
岩波茂雄伝　安倍能成

《日本文学(現代)》〔緑〕

怪談 牡丹燈籠	三遊亭円朝
小説神髄	坪内逍遥
当世書生気質	坪内逍遥
アンデルセン 即興詩人 全二冊	森鷗外訳
ウィタ・セクスアリス	森鷗外
青年	森鷗外
雁	森鷗外
阿部一族 他二篇	森鷗外
山椒大夫・高瀬舟 他四篇	森鷗外
渋江抽斎	森鷗外
舞姫・うたかたの記 他三篇	森鷗外
鷗外随筆集	千葉俊二編
大塩平八郎 他三篇	森鷗外
浮雲	二葉亭四迷 十川信介校注
吾輩は猫である	夏目漱石
坊っちゃん	夏目漱石
草枕	夏目漱石
虞美人草	夏目漱石
三四郎	夏目漱石
それから	夏目漱石
門	夏目漱石
彼岸過迄	夏目漱石
漱石文芸論集	磯田光一編
行人	夏目漱石
こころ	夏目漱石
硝子戸の中	夏目漱石
道草	夏目漱石
明暗	夏目漱石
思い出す事など 他七篇	夏目漱石
文学評論 全二冊	夏目漱石
夢十夜 他二篇	夏目漱石
漱石文明論集	三好行雄編
倫敦塔・幻影の盾 他五篇	夏目漱石
漱石日記	平岡敏夫編
漱石書簡集	三好行雄編
漱石俳句集	坪内稔典編
漱石・子規往復書簡集	和田茂樹編
文学論 全二冊	夏目漱石
坑夫	夏目漱石
漱石紀行文集	藤井淑禎編
二百十日・野分	夏目漱石
五重塔	幸田露伴
努力論	幸田露伴
一国の首都 他一篇	幸田露伴
渋沢栄一伝	幸田露伴
飯待つ間 —正岡子規随筆選—	正岡子規 阿部昭編
子規句集	高浜虚子選
病牀六尺	正岡子規
子規歌集	土屋文明編
墨汁一滴	正岡子規

仰臥漫録	正岡子規
歌よみに与ふる書	正岡子規
獺祭書屋俳話・芭蕉雑談	正岡子規
子規紀行文集	復本一郎編
正岡子規ベースボール文集	復本一郎編
金色夜叉 全二冊	尾崎紅葉
多情多恨	尾崎紅葉
不如帰	徳冨蘆花
武蔵野	国木田独歩
運命	国木田独歩
愛弟通信	国木田独歩
蒲団・一兵卒	田山花袋
田舎教師	田山花袋
一兵卒の銃殺	田山花袋
あらくれ・新世帯	徳田秋声
藤村詩抄	島崎藤村自選
破戒	島崎藤村
桜の実の熟する時	島崎藤村
夜明け前 全四冊	島崎藤村
藤村文明論集	十川信介編
生ひ立ちの記 他一篇	島崎藤村
島崎藤村短篇集	大木志門編
にごりえ・たけくらべ	樋口一葉
大つごもり・十三夜 他五篇	樋口一葉
修禅寺物語 正雪の二代目 他四篇	岡本綺堂
高野聖・眉かくしの霊	泉鏡花
歌行燈	泉鏡花
夜叉ケ池・天守物語	泉鏡花
草迷宮	泉鏡花
春昼・春昼後刻	泉鏡花
鏡花短篇集	川村二郎編
日本橋	泉鏡花
外科室・海城発電 他五篇	泉鏡花
海神別荘 他二篇	泉鏡花
鏡花随筆集	吉田昌志編
化鳥・三尺角 他六篇	泉鏡花
鏡花紀行文集	田中励儀編
俳句はかく解しかく味う	高浜虚子
俳句への道	高浜虚子
立子へ抄 ―虚子より娘へのことば	高浜虚子
回想 子規・漱石	高浜虚子
有明詩抄	蒲原有明
宣言	有島武郎
カインの末裔・クララの出家	有島武郎
一房の葡萄 他四篇	有島武郎
寺田寅彦随筆集 全五冊	小宮豊隆編
柿の種	寺田寅彦
与謝野晶子歌集	与謝野晶子自選
与謝野晶子評論集	鹿野政直・香内信子編
私の生い立ち	与謝野晶子
つゆのあとさき	永井荷風

濹東綺譚	永井荷風
荷風随筆集 全二冊	野口冨士男編
摘録 断腸亭日乗 全二冊	永井荷風 磯田光一編
すみだ川・新橋夜話 他一篇	永井荷風
あめりか物語	永井荷風
下谷叢話	永井荷風
ふらんす物語	永井荷風
荷風俳句集	加藤郁乎編
花火・来訪者 他十一篇	永井荷風
問はずがたり・吾妻橋 他十六篇	永井荷風
斎藤茂吉歌集	山口茂吉 柴生田稔 佐藤佐太郎編
鈴木三重吉童話集	勝尾金弥編
小僧の神様 他十篇	志賀直哉
暗夜行路 全二冊	志賀直哉
志賀直哉随筆集	高橋英夫編
高村光太郎詩集	高村光太郎
北原白秋歌集	高野公彦編

北原白秋詩集 全二冊	安藤元雄編
フレップ・トリップ	北原白秋
友情	武者小路実篤
釈迦	武者小路実篤
銀の匙	中勘助
若山牧水歌集	伊藤一彦編
新編 みなかみ紀行	若山牧水 池内紀編
新編 百花譜百選	木下杢太郎画 前川誠郎編
新編 啄木歌集	久保田正文編
吉野葛・蘆刈	谷崎潤一郎
卍(まんじ)	谷崎潤一郎
谷崎潤一郎随筆集	篠田一士編
多情仏心 全二冊	里見弴
道元禅師の話	里見弴
今年竹 全二冊	里見弴
萩原朔太郎詩集	三好達治選
郷愁の詩人 与謝蕪村	萩原朔太郎

猫町 他十七篇	萩原朔太郎 清岡卓行編
恋愛名歌集	萩原朔太郎
恩讐の彼方に・忠直卿行状記 他八篇	菊池寛
父帰る・藤十郎の恋 菊池寛戯曲集	石割透編
河明り 老妓抄 他一篇	岡本かの子
春泥・花冷え	久保田万太郎
大寺学校 ゆく年	久保田万太郎
久保田万太郎俳句集	恩田侑布子編
室生犀星詩集	室生犀星自選
随筆 女ひと	室生犀星
室生犀星俳句集	岸本尚毅編
出家とその弟子	倉田百三
羅生門・鼻・芋粥・偸盗	芥川竜之介
地獄変・邪宗門・好色・藪の中 他七篇	芥川竜之介
河童 他二篇	芥川竜之介
歯車 他二篇	芥川竜之介
蜘蛛の糸・杜子春・トロッコ 他十七篇	芥川竜之介

侏儒の言葉・文芸的な、余りに文芸的な　芥川竜之介
芥川竜之介書簡集　石割透編
芥川竜之介随筆集　石割透編
蜜柑・尾生の信 他十八篇　芥川竜之介
年末の一日・浅草公園 他十七篇　芥川竜之介
芥川竜之介紀行文集　山田俊治編
田園の憂鬱　佐藤春夫
海に生くる人々　葉山嘉樹
葉山嘉樹短篇集　道簱泰三編
嘉村礒多集　岩田文昭編
日輪・春は馬車に乗って 他八篇　横光利一
宮沢賢治詩集　谷川徹三編
童話集 風の又三郎 他十八篇　宮沢賢治 谷川徹三編
童話集 銀河鉄道の夜 他十四篇　宮沢賢治 谷川徹三編
山椒魚・遙拝隊長 他七篇　井伏鱒二
川釣り　井伏鱒二
井伏鱒二全詩集　井伏鱒二

太陽のない街　徳永直
黒島伝治作品集　紅野謙介編
伊豆の踊子・温泉宿 他四篇　川端康成
雪国　川端康成
山の音　川端康成
川端康成随筆集　川西政明編
三好達治詩集　桑原武夫 大槻鉄男選
詩を読む人のために　三好達治
夏目漱石 全三冊　小宮豊隆
新編 思い出す人々　内田魯庵 紅野敏郎編
檸檬《レモン》・冬の日 他九篇　梶井基次郎
蟹工船 一九二八・三・一五　小林多喜二
富嶽百景・走れメロス 他八篇　太宰治
斜陽 他一篇　太宰治
人間失格・グッド・バイ 他一篇　太宰治
津軽　太宰治
お伽草紙・新釈諸国噺　太宰治

右大臣実朝 他一篇　太宰治
真空地帯　野間宏
日本唱歌集　堀内敬三 井上武士編
日本童謡集　与田凖一編
至福千年　石川淳
小林秀雄初期文芸論集　小林秀雄
近代日本人の発想の諸形式 他四篇　伊藤整
小説の認識　伊藤整
中原中也詩集　大岡昇平編
ランボオ詩集　中原中也訳
晩年の父　小堀杏奴
夕鶴・彦市ばなし 他二篇 ―木下順二戯曲選Ⅱ　木下順二
元禄忠臣蔵 全二冊　真山青果
随筆滝沢馬琴　真山青果
みそっかす　幸田文
古句を観る　柴田宵曲
俳諧随筆 蕉門の人々　柴田宵曲

こうして彼女の心は一そう遠くへさ迷って行き、社交界も騒々しい舞踏会も忘れ去った。だがそのあいだ、ある堂々たる将軍がまじまじと彼女の姿を見つめていた。ふたりの叔母は互いに目配せをして、同時に肘《ひじ》でターニャを突つき、口ぐちにささやいた。――

「早く左のほうを見てごらん。」

「左のほう？　どこなの？　何があるの？」

「まあ何でもいいから見てごらん。……ほら、あそこの人の塊《かたまり》の一ばん前に、軍服を着たふたりの人がいるでしょう。……ほら今動いた方《かた》……横向きになった方……」

「どの方？　あの太った将軍？」

だが、私はここで可愛いタチヤーナの勝利を祝うにとどめ、私が誰の話を歌っているかを忘れぬために、筆の向きを転じよう。……ただちょうど良い折だから、ひと言ここで断わっておく。私は年若い友人と、その沢山の気まぐれを歌っているのだ。おお、叙事詩のミューズよ、私の長年の努力を祝っておくれ！　霊験あらたかな杖を授けて、私があっちこっちさ迷わぬように導いておくれ！　いや、もうこれでいい。肩の荷は下りた。

私はようやく古典主義に義理をはたした。おそまきながら、この一節を序言にしよう。

（一八二七、八年、ミハイロフスコエ村、およびマリンニキにて）

第八章　社　交　界

Fare thee well, and it for ever,
Still for ever, fare thee well.*
Byron

かつて私が学習院の花園で、心静かに花咲きながら、キケロには目もくれずアプレイウスの諷刺詩《ふうしし》を読みふけっていたころ、奥深い春の谷間、静寂《しじま》のなかにきらきら輝く池のほとりで、白鳥の群が鳴き交わしていたころ、ふと詩の女神《ミューズ》が私の前に姿を見せた。と、にわかに私の学生部屋があかあかと照り映えた。その部屋でミューズが若やぐ宴《うたげ》をひらき、子供らしい歓楽と、われらが古代の光栄と、ふるえる心の夢を朗々と歌いはじめた。

その歌声は世間からも微笑をもって迎えられた。はじめての成功が私の心をはげました。老デルジャーヴィンは私を認め、墓への道を下りながら祝福を送り*へ……………

…………………………………………………………………………〈*

こうして私は、ただ一つ情熱の気まぐれを自分の掟《おきて》と考え、もろびとと胸の思いを分《わか》ちつつ、腕白なミューズをさわがしい酒宴や乱暴な喧嘩《けんか》のただなかへ、また夜警の誰何《すいか》の声のなかへ連れて行った。すると彼女は、狂気の酒宴の席へ贈物をたずさえて行き、酒神《バッカス》の娘のようにはしゃぎまわり、酒杯をかかげつつ客のために歌をうたった。過ぎし日々の若人《わこうど》たちは、狂暴に彼女の後を追いかけまわり、一方私は友人なかまで、この軽薄な女友だちを自慢していた。

それなのに、私は彼らの仲間からひとり離れ、遠くへ駆け去らねばならなかった。*

……彼女は私を追って来た。ああ、幾《いく》たび優しいミューズは、秘密の物語の魔法の力で、声なき私の旅路を慰めてくれたことか。幾たびコーカサスの岩間づたいに、彼女はレノーラさながら、月明りを浴びつつ私とともに馬を走らせたことか。幾たびクリミヤの海辺ぞいに、深い夜霧に包まれながら、潮騒《しおさい》の音を、海神ネレイスのたゆみないささやきを、大波の底知れぬ永遠の合唱を、この世の父に捧《ささ》げる讃歌を聞かせるために、私を誘い出したことか。*

こうして彼女は、遠い都の輝きも騒がしい酒宴も打ち忘れ、物悲しいモルダヴィヤの僻地《へきち》で、流浪の民のつつましい天幕を訪ね＊、彼らのあいだですさんで行き、貧しい、異種族の言葉のために、心をそそる荒野の歌のために、神々の言葉を忘れてしまった。……だがやがてまた、すべての様子ががらりと変った。私の庭に、田舎《いなか》育ちの令嬢となって、眼には悲しげな思いをたたえ、手にはフランス語の本を持って、彼女はふたたび姿を見せた。

そして今、私ははじめてミューズを上流社会の夜会へ連れて行き、嫉妬《しっと》まじりのおずおずした目差《まなざし》で、彼女の荒野の美しさを眺めている。名門の貴族や、伊達者《だてしゃ》の軍人や、外交官、傲慢《ごうまん》な貴婦人たちのひしめくなかを、彼女は滑るように縫って静かに腰を下ろし、騒々しい混雑や、衣裳のひらめき、言葉のきらめき、年若い女主人の前へそろそろと挨拶《あいさつ》にまかり出る客、まるで額縁のように貴婦人たちをぎっしり取巻く男の群を、珍しそうに見つめている。

彼女には、寡頭《かとう》政治めいた夜会の、秩序整然たる歓談や、冷やかな、物静かな誇らしさ、あの官位と年齢の混合が気に入っていた。だが、そうしたえり抜きの人びとの群に混って、無言のまま、顔を曇らせて立っているのは、一体誰であろうか。その男は誰にも縁もゆかりもないらしい。眼の前をちらつく顔という顔は、彼にとってはまるで一連の退屈な幻のように見える。彼の顔に浮かんでいるのは、憂鬱《ゆううつ》なのか、悩める傲慢さなのか。何ゆえに彼はここにいるのか。一体、何者なのか。もしやエヴゲーニイではないのか。もしやあの男では？……そうだ、まさしく彼なのだ。――久しい以前から、彼はわれわれのところへ舞い戻っていたのだろうか。

彼は以前のままの男なのか、それとも素直になったのか。今もやっぱり変人きどりでいるのか。どんな男になって帰って来たのか。今度はどんな男になるつもりなのか。メルモスか、コスモポリットか、愛国者か、チャイルド・ハロルドか、クエーカア教徒か、えせ聖人か。それともまた別の仮面をひけらかすのか。あるいは諸君や私のような世間一般の人と変らぬ、単なる好人物になるつもりか。少なくとも私は彼に忠告したい。時代おくれの流行をさっぱりと捨てよ、世間をたぶらかすのはもう沢山《たくさん》だ、と。

「そういうあなたは彼の知合いですか？」

「そうでもあり、そうでなくもある。」

なぜ諸君は、あの男のことをそんなに悪《あ》しざまに言うのか。われわれが年がら年じゅうあくせくし、あらゆることをあれこれ考えているからか。火のような魂がつい不用意に詰まらぬ自尊心を傷つけたり、また笑ったりするからか。自由を愛する知恵が人を押しのけるからか。われわれがあまりたびたび単なる会話をつい事業と考えるためなのか。愚かさというものが浮薄で意地悪いものだからか。仰山《ぎょうさん》な人にはたわ言が大事であるからか。それとも凡庸がわれわれにぴったり合って、不思議な気がしないからなのか。

若い時に若かった人は仕合せである。よい時期に成熟した人は仕合せである。人生の冷たさを年とともにだんだん我慢することのできた人、風変りな夢に打ち込まなかった人、社交界の衆愚を避けずに暮らせた人、また二十歳では、伊達者よ、おっちょこちょいよ、と言われ、三十歳で有利な結婚をし、五十歳で公私の義務から解き放たれた人、名誉と金と官位を順ぐりに、おだやかに手に入れた人は仕合せである。しじゅう「誰それは立派な人だ」と、人の口の端《は》にのぼる人は仕合せである。

だが、自分の青春が空《むな》しく過ぎたと思うのは、何と淋《さび》しいことだろう。自分がたえず青春に背《そむ》いて来たと、また青春にみごと一杯食わされたと、自分のよりよい望みも新鮮な夢も、秋の木の葉が朽ちるように、みるみるうちに朽ち果てたと思うのは。自分の行く手に、ただ食事ばかりが長々と連なっているのを見るのはたまらない。人生を儀式のように眺め、しかつめらしい人の群の後ろから、世論も情熱も分けてもらえず、とぼとぼと歩いて行くのはやる瀬ない。

ごうごうたる非難の的《まと》になったうえに、分別のある人びとのあいだで、仮面をかぶった変人だの、哀れむべき気違いだの、悪魔きどりの片輪者だの、あるいは私の『悪魔』＊とさえも言いふらされるのは、たえられぬことである(このことはお察し願いたい)。オネーギンは(ふたたび彼に筆を戻そう)、決闘で親友を殺してから、二十六歳まで目的もなく漫然と暮らし、勤めも妻も仕事もないつれづれな暇に苦しみながら、何ひとつ打ち込むことができずにいた。

彼は不安のとりこになり、たえず居場所を変えないではいられなかった(これはすこぶる厄介な性癖で、一部の人が自ら負う十字架である)。毎日血だらけの亡霊が現われる森だの畑だのに囲まれた淋しい自分の持ち村を捨てて、彼はただ一つの感情に身を任せつつ、あてどない遍歴の旅にのぼった。だがやがて、旅にもこの世の一切と同様に飽きが来て都へ舞い戻り、あのチャーツキイ＊と同様に、船から夜会へ顔を出したのだ。

さて、不意に並居る人の群がゆらゆら揺れて、ささやきの声が広間じゅうに流れて行った。……ある貴婦人が、重々しい将軍を後ろに従えて、夜会のあるじのほうへ歩いて来る。彼女は急ぐでもなく悠然《ゆうぜん》として、冷やかでもおしゃべりのようでもなく、誰に高慢な目差を向けるでもなく、成功をてらうでもなく、気取った身振り一つ見せるでも、身に着かない趣向を凝らすでもなかった。……すべてが物静かで、ありのままで、comme il faut《コンミルフォー》〔フランス語、作法通りというほどの意味〕の正確きわまる写真と見えた。……（いや、シシコフ閣下*、ひらにご勘弁を。この外国語をどう翻訳すべきか、私はわからないのです。）

婦人たちが彼女のほうへ詰めかける。老婦人たちが彼女にほほえみかけ、男たちは低くお辞儀をして彼女の視線を捕えようとする。令嬢たちは彼女の前をはばかるように広間を横切る。ただひとり頭と肩を高くそびやかしているのは、彼女と一緒に入って来た将軍だけだった。誰ひとり彼女を美人と呼ぶ者こそなかったものの、頭から足の爪先に至るまで、ロンドンの上流社会の独裁的な流行がvulgar〔俗悪〕と呼びならわすようなところは、ひと所も見あたらなかった。

私はこのvulgarという言葉が大好きなのだが、これまた翻訳のしようがないのである。この言葉は目下わが国では新語に属し、あまり名誉な扱いを受けていないが、諷刺詩にならば役に立とう。……だが早くわが貴婦人に筆を戻そう。彼女は見るからに屈託のない美しさを漂わせつつ、ネヴァ河畔のクレオパトラと謳《うた》われるまばゆいニーナ・ヴォルコンスカヤと並んでテーブルについた。おそらく諸君にも同意して頂けようが、大理石の像のような、まばゆいばかりに美しいさすがのニーナも、隣りの貴婦人のあでやかさを打ち消すことはできなかった。

『はたしてあれが』とエヴゲーニイは考えた。『あれが彼女だろうか。確かにそうだ。……いや、違う。……まさか、あの人里はなれた荒野の村から……』

こう思いながら彼は執拗な柄付眼鏡《ロルネット》を、ほのかに忘れ去った面影を思い出させる婦人のほうへ、たえず向けていた。

「時に公爵」と彼は言った。「ほら、あそこで真っ赤なベレーをかぶって、スペインの公使と話している婦人が誰か、君は知らない？」

公爵はオネーギンの顔をまじまじと見つめた。

「ああ！　君は長いことよそへ行っていたんだったね。待ち給え、いま紹介してやろう。」

「でも一体あれは誰なのさ？」

「僕の家内だ。」

「じゃ君は結婚したのか！　ちっとも知らなかった。だいぶ前に？」

「二年ほどになる。」

「で、誰と?」

「ラーリナさ。」

「タチヤーナと!」

「君は知っているのか。」

「隣り同士の村なのさ。」

「そうか、じゃ早く行こう。」

公爵は妻のそばへ近寄って、身内であり親友であるエヴゲーニイを引きあわせた。公爵夫人はじっと彼の顔を見つめた。……どんなに彼女が思い乱れ、驚きもし愕然《がくぜん》としたにもせよ、彼女は素振りひとつ変えなかった。以前と同じ物腰を保ち、会釈のしぶりも静かだった。

実際、彼女はぴくりと身を震わせたり、不意に青ざめたり赤くなったりしなかったばかりか、眉根ひとつ動かさず、唇を嚙《か》みしめさえもしなかった。オネーギンはどんなに眼をこらして見つめても、以前のタチヤーナの面影ひとつ得られなかった。何か会話の糸口を見つけたいと思っても、それさえできなかった。すると彼女は、以前からここにいるのか、どこから来たのか、村からではないのかなどとたずねた。それから疲れたような目差を夫のほうへ向け、滑るように立ち去った。……身じろぎもならず、彼は取り残された。

これが果してあのタチヤーナなのか。この小説のはじめのほうで、彼が人里はなれた遠い田舎でただふたり向かいあい、良き教訓熱にかられて諄々《じゅんじゅん》と説教をしたあのタチヤーナなのか。思いのたけを切々と訴えた手紙を、彼が今だに大事にしまっているあの少女なのか。……それともこれは夢なのか。……かつてつつましい境遇にあったために自分が見くびった少女、その少女がたった今自分に対して、あれほど平然と大胆にふるまったのか。

彼は狭苦しい夜会を見捨てて、物思いにふけりつつわが家へ帰った。時にはわびしい、時には魅惑的な空想が、深夜の眠りを騒がした。あくる朝、目をさますと、一通の手紙が届けられた。N公爵がつつしんで彼を夜会へ招いている。

『ありがたい！　彼女に会えるぞ！……行くぞ、行くとも！』

さっそく彼は鄭重《ていちょう》な返事を書いた。一体彼はどうしたのか。何という奇妙な夢を見ているのか！　何がその冷やかな、怠惰な胸の奥底でうごめいたのか。いまいましさか。浮き世のむだ騒ぎか。それとも、またまた青春の悩みである恋なのか。

オネーギンはまたもや時を数えつつ、その日の暮れ落ちて行くのを待ちかねていた。やがて十時が鳴った。彼は馬車で家を出て、飛ぶように玄関へ乗りつけ、わななきながら公爵夫人の部屋へ通った。タチヤーナはちょうどひとりきりで部屋にいて、ふたりはほんの五、六分、一緒に腰を下ろしていた。オネーギンの口からは、言葉が気楽に出なかった。陰気な、ばつの悪そうな様子をして、彼はしどろもどろに相手の問いに答えていた。頭は執拗な一つの思いでいっぱいだった。彼は執拗に相手の顔を見つめていた。一方、彼女は落ち着きはらって、自由な素振りですわっていた。

そこへ夫がやって来て、この不愉快なtête-à-tête《テータテート》〔差し向かい〕を破ってくれた。彼はオネーギンとありし日のいたずらや冗談を思い起こして、互いに笑いあった。やがて客たちが入って来る。社交界の底意地わるい洒落《しやれ》が盛んに飛んで、みるみる会話が活気を帯びはじめる。愚かしい気取りこそないが軽薄なたわ言が、女主人の前できらめくかと思えば、一方、卑俗なテーマも永遠の真理も衒学《げんがく》趣味さえ聞かれぬ分別くさい話が、それをさえぎる。ただせっかくのその話も、自由な生気で、聞き手の耳を脅かすことはなかった。

とは言えそこには、都の花である名門の貴族や流行の見本、またいたるところで見かける顔、夜会に欠くことのできぬ愚か者が居あわせた。そこにはまた、頭巾《ずきん》をかぶってばらの花をかざし、意地悪そうな顔つきをした中年の婦人たちや、にこりとも微笑《えみ》を浮かべぬ数人の令嬢たちがいた。また滔々《とうとう》と政治問題を論ずる大使もいれば、白髪に香水の匂いを漂わせた老人もいた。その老人は、昔風に鋭い、気の利いた洒落をしきりに放っていたものの、今ではそれは幾《いく》ぶん滑稽に思われた。

そこにはまた寸鉄詩が大好きで、よろず何でもぷりぷり腹を立てる紳士もいた。甘すぎるお茶のふるまいも、婦人たちの月並みさも、男たちの態度も、陰鬱な小説についての風評も、ふたりの姉妹に下賜《かし》されたヴェンゼル（皇帝の頭文字を組みあわせた記章）も、雑誌のでたらめも、戦争も、雪も、自分の妻も、彼の癇癪《かんしゃく》の種《たね》であった。〈……*……〉

そこにはまたプロラーソフという、心の卑しいことで有名な男がいた。彼はあらゆる家のアルバムで、St.《サン》 Priest《プリ》*よ、君の鉛筆を書きへらしたものである。また戸口には、もうひとりの舞踏会の独裁者が雑誌のさし絵のようにたたずんで、やなぎの日曜日（復活祭前の日曜日）の天使そっくりの赤い頬をして、窮屈そうな服を着て、無言のまま身じろぎもせずにじっとしていた。また通りすがりの外国旅行者もまじっていたが、これは糊《のり》を付け過ぎたような厚顔無恥《こうがんむち》な男で、念入りにこしらえた堂々たる態度があまりおかしいので、来客たちのあいだに微笑を呼び起こし、無言のままに見交わす目差は、彼に対する客間の宣告を語っていた。

しかしわがオネーギンはその夜会の間じゅう、ただひとりタチヤーナに夢中になっていた。それはあの臆病で、貧相で、素朴な、恋に悩むおとめではなく、そっけない公爵夫人、──近づきがたい、あでやかな、けだかい、ネヴァ河の女神であった。おお、人の子らよ！　君らはすべて人類の祖先であるあのイヴに似ている。せっかく与えられたものには興味を引かれず、たえず蛇のささやきによって神秘の木に招き寄せられる。──禁断の木の実を与えよ、しからずんば天国も天国ならじと。

何というタチヤーナの変りようか。何と立派に新しい役柄に溶け入ったことか。何と素早く、人を威圧する品位を身につけたことか。誰が一体この堂々たる、この駘蕩《たいとう》たる、夜会の女王のなかに、しおらしいおとめの面影を求められよう。むかしは彼も彼女の胸を騒がせた。暗い夜闇のなかで、夢の神《モルフェウス》が舞い下りるまで、彼女はよく彼を思っておとめらしい愁《うれ》いに沈み、いつの日か彼と一緒に穏やかな人生の道を歩もうと空想しつつ、月に向かって悩ましい瞳をさし向けたこともあった。

いかなる年齢も恋には無抵抗なものである。だが、若い、純潔な胸には、恋の発作は春のあらしが野原を吹き渡るように、恵みをもたらす。情熱の雨にぬれると、若い胸はみずみずしく生き返って成熟し、力強い生命が豪華な花と甘い果実を授けてくれる。ところが実を結ぶ力もない、人生の変り目に立つわれわれほどの年輩になると、ただ情熱のなきがらが痛ましい影を落とすばかりだ。ちょうど冷たい秋のあらしが草場を一面の沼と変え、あたりの森を裸にするように。

今や一点の疑いもない。ああ、エヴゲーニイはタチヤーナを子供のように恋したのだ。恋の思案にもだえながら、彼は昼も夜も空しく過ごした。理性の厳しい叱責《しっせき》も耳に入らず、彼は毎日、彼女の家へ、ガラス張りの玄関口へ乗りつけた。影のように彼女のあとを追いかけた。ふさふさしたボアを彼女の肩に掛けたり、燃える思いで彼女の手に触ったり、彼女の前に居並ぶ花やかな侍僕の群を押し分けたり、ハンカチを拾って渡したり、そうすると彼は心から仕合せだった。

彼女のほうでは、どんなに彼がもがいても、たとい焦《こが》れ死《じに》をしても平気な様子だった。家にいれば自由に面会するし、客の前では二言《ふたこと》みこと言葉を交わす。ただ会釈するだけの時もあれば、全く見向きをしない時もあった。媚態《びたい》などはみじんもない。一体、最高の社会は媚態を嫌うものである。オネーギンはだんだん青ざめて行った。彼女はそれに気づかぬか、気の毒だとも思わぬらしい。オネーギンは痩《や》せ衰え、肺病やみと見まごうほどの姿になった。みんなが医者にかかれとすすめ、医者たちは声をそろえて温泉へ出そうとした。

だが、彼は出かけない。それぐらいならむしろ、祖先に向かって間近い仲間入りを知らせたかった。一方タチヤーナは素知らぬふりをしていた(女性とはそうしたものである)。それなのに彼は執拗にあきらめようとはせず、あい変らず希望を抱《いだ》いてやきもきしていた。健康な男よりも大胆に、彼は病み衰えた弱々しい手で、熱烈な手紙を公爵夫人に書き送った。日ごろ彼は手紙というものにあまり価値を認めなかったが、胸の悩みがもうたえきれなくなったのだ。次に彼の手紙を一字一句はぶかずに掲げよう。――

オネーギンの、タチヤーナへの手紙

「僕はすべてを予見しています。おそらくこの痛ましい胸の秘密の打明けは、あなたを侮辱することでしょう。あなたの誇り高い目差は、どんな辛《つら》い侮蔑の色を浮かべることでしょう。それならば一体、僕は何を欲するのか。何を目あてにあなたに自分の魂を打ち明けるのか。意地の悪い世間の楽しみに、僕はきっかけを与えることになるのかも知れません。

かつてふとあなたにお目にかかった時、僕はあなたの内部の優しい火花に気づきながらも、その火花を信じ切る勇気を欠き、愛すべき習俗の発露を妨げました。僕は自分の冷め切っている自由をなおかつ失うことを嫌ったのです。それにあの出来事が僕らを引き離した。……レンスキイが不幸な犠牲となって倒れたことです。……あの時僕は、自分にとって懐かしい一切から、心をもぎ放した。誰にとっても無縁であり、何一つ束縛を受けなかった僕は、こう考えたのです。——自由と安らぎは幸福に代り得る、と。ああ、何という間違いだったでしょう、どんな罰を受けたことでしょう！

そうなのです、たえずあなたの姿を見、いたるところへあなたを追って行き、恋い焦がれた眼であなたの口もとの微笑や眼の動きを捕え、いつまでもあなたの言葉に耳を傾け、心からあなたのすべての完璧さを理解し、あなたの前で悩みほうけ、青ざめ、消えて行く……これが幸福だったのです。

けれども僕はそれさえ失い、今はただ運にまかせてあなたのために至るところへ足を運ぶだけなのです。僕には一日が大切です。一時間が大切なのです。それなのに僕は、運命によって限られた日々を、むだなわびしさに浪費している。もうその一日一日さえ重荷となりました。僕は自分の生命《いのち》が残り少ないのを知っています。その短い生命を引き伸ばすためには、僕は毎朝、今日こそはあなたに会えると信じ込まねばならないのです。……

僕は恐れているのです、あなたの厳しい目差がこのつつましい祈りのなかに軽蔑すべき狡猾《こうかつ》なたくらみをごらんになりはしないか、怒りに燃えるあなたの叱責を僕が聞くのではないか、と。ああ、恋の渇きに思い焦がれながら、たえず理性で血潮の波立ちを静めねばならぬことがどんなに恐ろしいことか、あなたがご存知だったなら！　あなたの膝を抱き締めて、あなたの足下にむせび泣きつつ、哀願、告白、自責など、僕の言い表わすことのできる一切を残らず吐露したいと望みながら、いざとなると偽りの冷やかさで言葉も目差も武装し、穏やかな会話を交わし、楽しげな目つきであなたを眺めなければならぬことがどんなに恐ろしいか、あなたがご存知だったなら！

しかし、どうしようもない、僕はもうこれ以上自分に逆らうことができないのです。賽《さい》は投げられた。僕はあなたのお心のままです。運命に身をまかせているのです。」

返事は来なかった。ふたたび彼は手紙を書いた。第二の手紙、第三の手紙にも、返事はなかった。オネーギンはある夜会に行った。と、入ったとたんに、ばったり彼女に出会った。何というけわしい顔か。彼を見もしなければ、口もきかない。まるで主顕節のころの厳しい寒さが、まわりに立ちこめたかのよう。またそのかたくなな唇は、どんなに憤怒《ふんぬ》を抑えようと苦心していたことか。どこかに狼狽《ろうばい》の色はないか。同情の影はないか。涙の痕《あと》はないか。——オネーギンは刺すような視線をあいてに注いだ。……だが、どこにも見あたらない。その顔はただ憤怒の痕をとどめているだけだった。……

そうだ、もしや、夫や世間に悪ふざけや偶然の気の迷いを気取られまいとする秘《ひそ》かな恐れは……わがオネーギンが熟知している一切の印は……だが、希望は消えた。彼は夜会を立ち去って、自分の狂気を呪《のろ》いながらも同時にその狂気に深々と浸りつつ、ふたたび社交界から身を引いた。静まり返った書斎に引きこもると、むかし残忍な憂鬱が騒々しい社交界で彼に追いすがり、襟髪《えりがみ》を捕まえて門の外へ放り出し、うす暗い土地へ押しこめたころのことが思い出された。

彼はふたたび手あたりしだいに読書をはじめた。ギボン、ルソー、マンゾーニ、ヘルダー、シャンフォール、スタール夫人、ビシャ、ティソー、懐疑的なベール、フォントネル*などである。またわが国の作家も、毛嫌いせずに読み通した。文集も読めば、またわれわれ詩人にしきりと訓戒を垂れ、今では私をさんざん罵倒《ばとう》しているさまざまな雑誌も開いて見た。こうした雑誌を開くと、時どき私に捧げるこんな讃歌に出会うことがある。――諸君、E sempre bene.〔いや、何、すばらしい。〕

だがどうだろう！　眼は読みながら、思いは遠くへ飛んでいた。空想、希望、悲嘆などが、深く魂へ食い入っていた。魂の眼は印刷された行と行とのあいだに、もう一つの行を読んでいた。彼が没頭したのはその行である。それはなつかしい、ほの暗い古《いにしえ》の秘かな語り伝えや、何のかかわりもない夢や、脅しや、噂《うわさ》や、予言や、あるいはまた長いおとぎ話の生き生きした一節や、若いおとめの手紙だった。

　こうして彼はだんだんと感情と思想の麻痺に陥り、想像が彼の前に色とりどりのカルタを投げかけた。ある時は、溶けかけた雪のうえに、まるで宿屋で眠るように青年が身じろぎもせずに横たわっているのが見え、「仕方がない、殺されました！」という声が聞こえて来る。またある時は、とっくに忘れていた敵や、誹謗者《ひぼうしゃ》や、意地の悪い臆病者や、心変りした娘《こ》の群や、軽蔑すべき同僚たちの姿が見える。またある時は、村の地主屋敷が現われて、窓辺に彼女がすわっている。……そしていつもきまって彼女の姿が眼に浮かんだ。……

こんなふうに忘我の境に陥る癖がついたので、今にも彼は発狂するか、それとも詩人になりそうになった。全くの話、それだけは願い下げにしてもらいたい！　ところがそのころ私の愚かな弟子は、催眠術の力によって、すんでのことにロシア詩のメカニズムを会得しそうになった。ただひとり部屋すみで、あかあかと燃える壁炉を前にすわり込み、Benedetta〔祝福された女〕だの Idol mio〔わが偶像よ〕だのとつぶやきながら、ある時はスリッパを、ある時は雑誌を炎のなかへ取り落とす時、彼はどんなに詩人に似ていたことか。

月日は飛び去って行った。ほの暖い大気のなかには、早くも冬が別れを告げているのが感じられたが、彼は詩人にもならなければ死にもせず、また発狂もしなかった。やがて春が彼をよみがえらした。ようやく彼はある晴れやかな朝、野ねずみのように冬を越した閉めきった部屋部屋や、二重窓や、壁炉などを打ち捨てて、ネヴァ河ぞいに橇《そり》を走らせた。青い、傷だらけの氷のうえに明るい陽光がたわむれ、街路では掘り起こされた雪が、泥と混って溶けていた。一体どこへオネーギンは、一目散に橇を走らすのか。

諸君はもはや推測されたに違いない。ご明察の通りである。わが病い癒《い》えざる変人は、彼女のところへ、懐かしいタチヤーナのもとへ飛んで行ったのだ。死人のように青ざめて、彼は歩みを運んだ。控室には誰もいなかった。彼は広間へ通り、さらに奥へ進んだが、誰もいない。彼はドアを開けた。と、一体何が、これほど彼を驚かすことができただろう！　眼の前に公爵夫人がただひとり、化粧もせず、顔青ざめて腰を下ろし、一通の手紙を読んでいる。それも手で頬杖をつきながら、はらはらと涙を川のように流しているのだ。

ああ、誰がこの一瞬、彼女の声なき苦悩を読み取らぬものがあろう！　今こそ誰が公爵夫人のなかに、以前のターニャ、哀れなターニャの面影を認めずにいられよう！　気も狂わんばかりの哀れみに駆られて、エヴゲーニイはがばと彼女の足もとに身を投げた。彼女はぎくりと身ぶるいしたが、無言のままじっとオネーギンを見つめた。驚きの色もなければ、憤怒もなかった。……彼の病める、火の消えた目差、祈るような顔つき、無言の自責、――すべてを彼女は読み取った。空想ずきな、ありし日の心を持った素朴なおとめが、今また彼女の内部によみがえった。

しかし彼女は彼を助け起こそうとはしなかった。あいてをなおもまじまじと見つめながら、貪欲《どんよく》な口をおおった無情な手を放そうともしなかった。……今、彼女は何を夢想しているのか。……長い沈黙が過ぎて、ようやく彼女は静かに口を切った。――「もう沢山です、起きて下さいまし。私は包み隠さずあなたに申し上げねばなりません。オネーギン様、覚えておいでですか、あの庭の並木道で、運命が私たちを引き合わせてくれ、あなたのご教訓を私がおとなしく聞いていたあの時のことを。今日は私の番なのです。

オネーギン様、私はあのころもっと若くて、もっと器量がよかったように思います。そしてあなたを愛していた。それがどうでしょう？　私は何をあなたの心のなかに見つけたでしょう？　どんなご返事を？　ただ冷酷の二字だけ。そうじゃありませんか。あなたにとってはつつましい少女の恋など珍しくはなかったのです。ああ、今でさえ、あの冷やかな眼、あのお説教を思い起こすと、血が凍る思いです。……でも私はあなたを責める気はありません。あの恐ろしい時、あなたは立派なふるまいをなさった、私に対してあなたは正しかった、私は心からありがたく思っています。

あのころは、――そうじゃありませんか、――あんな片田舎で、浮き名の誉《ほま》れから遠くはなれていたために、あなたは私がお気に召さなかった。……それならば、なぜ今は私を追いまわしておられるのです？　なぜ私があなたのお心を引きつけるのでしょう？

今の私が上流の社交界に顔を出さねばならないから、私がお金持ちで身分が高いから、私の夫が戦争に出て名誉の負傷をしたから、そのために私どもが宮中の覚えがめでたいからじゃありませんか。私がいま不義を犯せば世間じゅうに知れ渡って、それがあなたに社交界で誘惑者の名誉をもたらすからじゃありませんの？

私は泣いています。……もしあなたが今だにあなたのターニャを覚えておいでてしたら、あなたはご存知のはずです、――たとい万事が私の思い通りになるとしても、私がけがらわしい情熱や、こんなお手紙や、涙よりも、辛辣《しんらつ》なあなたのお小言や、冷やかな、厳しいお言葉のほうを選んだに違いないということを。せめてあの時、あなたが私の幼い夢に一片の哀れみを、幼さに対する一片の同情を持って下さったなら。……ところが今は！――何があなたを私の足もとにひざまずかせたのです？　ばかばかしい！　あなたほどの心と知恵を持ちながら、つまらぬ感情の奴隷におなりになるなんて。

オネーギン様、私にとってはこんな花やかさも、いまわしい上流社会の虚飾も、社交界の渦のなかでの成功も、流行の邸宅も夜会も、何の値打ちがありましょう？　私は今すぐにでも、こんな仮装舞踏会のような衣裳や、こんな輝きや騒々しさや息苦しさを、一《ひ》と棚《たな》の書物と、あれはてた庭と、貧弱なあの住居と、はじめて私が、オネーギン様、あなたにお目にかかったあの場所と、今では十字架と木の枝が可哀そうな私の乳母を見おろしているあのつつましいお墓と、喜んで取りかえたいと思います。……

仕合せは目の前にありましたのに、手を伸ばせば届くほど近くに……。でも、もう私の運命は決まってしまったのです。私は軽率だったかも知れません。でも母が涙ながらに頼んだのですもの。幸《さち》うすいターニャにとっては、どんなくじでも同じです。……私はもう人の妻です。このうえはどうぞ私を見捨てて下さいまし。私はあなたのお胸に誇りや名誉が立派にあるのを存じております。私はあなたを愛しております（今さら嘘《うそ》を申したとて何になりましょう）、けれども私はもう他の人に身をまかしました、永久に操《みさお》を立てるつもりでいます。」

彼女は去った。エヴゲーニイは、雷に打たれたように立ちつくしていた。どんな感覚のあらしのなかに、彼は今心から沈んでいたことか。だがその時突然、拍車の音が響いて、タチヤーナの夫が現われた。読者よ、私はここでわが主人公を、彼にとって意地の悪い瞬間のまま、当分のあいだ……いや永遠に、見捨てることにしよう。私たちは彼を追って、もう十分世の中をさまよって来た。お互いに行きつく岸辺へたどり着いたことを祝福しよう。ばんざい！　とうの昔にこうすべき時ではなかったか。

ああ読者よ、君が親友であれまた敵であれ、私はいま君と友人として別れたい。さらば読者よ、君がこのぞんざいな行《ぎょう》のなかに何を探されるにせよ、――物狂おしい思い出であれ、仕事からの休息であれ、生ける絵図、警句、また文法上の過ちであれ、――それはともかく、願わくはこの本のなかに君が、娯楽のため、空想のため、心情のため、あるいはまた雑誌の喧嘩のために、せめてほんの些細《ささい》なものでも見出されんことを。これをもってお別れしよう。さらば、読者よ。

また、私のふしぎな道づれよ、私の忠実なる理想よ、ささやかながら、生ける不断の労苦よ、君らともお別れだ。君らのお陰で、私は詩人の羨《うらや》む一切を、――世のあらしに消えゆく生の忘却を、友人たちの快い談話を――心ゆくまで知った。ああ、若いタチヤーナが、また彼女とともにオネーギンが、最初に私のおぼろな夢に現われて、この気ままな小説の遥《はる》か彼方《かなた》を、私が魔法の眼鏡ごしにまだぼんやりと見初めた時から、思えばどんなに多くの月日が飛び去ったことだろう。

だが、親しい出会いのたびに私が最初の部分を読んで聞かせた人びとのうち、*……ある者はすでに世を去り、ある者は遠い彼方へ去ってしまった。ペルシャの詩人サアディーがむかし歌ったように。彼らなしに、オネーギンは書きあげられた。また理想の女性、可愛いタチヤーナのモデルとなった婦人は……ああ、どんなに多くのものを運命は奪い去ったことか。なみなみと注がれた酒杯を底まで飲みほさず、いち早く人生の祭りを見捨てた人は、仕合せである。また人生の小説を読み終えずに、私がオネーギンと別れたように、突然それと別れることのできた人は、仕合せである。

（一八三〇年九月、ボルヂノ村にて）

訳　注

頁 行

九 5 さすがは一家のあるじと……——遺産の相続者を決めたという意味。

〃 12 『ルスランとリュドミーラ』——プーシキンの出世作となったおとぎ詩。

一〇 1 ネヴァ河の河畔の町——首都ペテルブルグのこと。

〃 4 北国は……——原注に「ベッサラビヤにて書かれる」とある。一八二〇年五月、プーシキンは政治詩(『村』、『自由』など)が皇帝の不興を買い、南ロシアへ追放された。

一三 13 〈……〉——初稿では次の一節が書かれ、のちに作者の手でけずられた。——「われわれは早くから胸の炎に苦悶《くもん》する。魅惑的な嘘《うそ》よ、われわれに恋を教えるのは、自然ではなくて、スタール夫人やシャトーブリアンだ。われわれは人生を時より早く知りたがり、小説のなかで人生を知り尽す。そしてすべてを知り尽すと、もう何事にも楽しまぬ。あらかじめ自然の声を聞きながら、その実幸福を損なっているだけで、青春の燃える炎はずっと遅れて飛んでいる。オネーギンもそのことを味わったが、その代り女性のことには精通した。」

一四 1 フォブラス——フランス作家ルヴェ・ド・クヴレ(一七六〇—九六)の小説『騎士フォブ

ラスの遍歴』の主人公。

〃4　〈……〉――初稿には次の二節がある。――「それから彼は、つつましい未亡人の敬虔《けいけん》な目差《まなざし》を引きつけて、顔赤らめつつ控え目な、はにかみがちな話をはじめ、甘い未経験や、この世ならぬ愛の、信頼すべき……確かさや、初心《うぶ》な娘の熱情を捕えるすべを知っていた。彼はまた相手かまわず貴婦人とプラトニズムを論じあったり、少女あいてに人形遊びをして見たり、突然不意打ちの警句で相手を困らせ、あげくのはてには華麗な花輪をもぎ取ったりもできた。」

「その様子は、納屋の番人で女中の腕白なだだっ児《こ》であるひげを生やした猫が、ねずみを求めて暖炉の上の寝床から忍び足で下へおり、伸びを一つして半ば眼を閉じながらそろそろと歩き、背を丸めて尻尾《しっぽ》を振り、器用な前足の爪を身構えて、突然哀れな獲物を引っ捕えるのに似ている。あるいはまたどうもうな狼が飢えにたまらず林の奥から人里へ現われ、のんきな番犬たちを尻目に、世間知らずの羊の群のまわりを駆けまわるのに似ている。物みなが寝静まっているそのすきに、凶暴な盗賊はまどろむ林へ小羊を引っさらって走り去る。」

〃9　ボリヴァル風の……――南アメリカの解放者シモン・ボリヴァル(一七八三―一八三〇)の被《かぶ》っていた、鍔広の山高帽。当時のロシア青年層はボリヴァルに好意を寄せていた。

〃 14 彗星じるしのシャンパン――一八一一年のシャンパン。この年、大きな彗星が現われ、南フランスのぶどうの豊作を民衆はその彗星のせいにしていた。

一五 10 フォンヴィージン――フランス啓蒙哲学の影響を受けた、十八世紀ロシアの諷刺的喜劇作家(一七四五―九二)。

一八 13 チャダーエフ――農奴制を批判して、気違い扱いをされた哲学者(一七九四―一八五六)。

二四 7 Child-Harold――イギリス詩人バイロンの作品の主人公。

〃 10 〈……〉――この部分、三節現存せず。

〃 13 セーやベンサム――セー(一七六七―一八三二)はフランスの自由主義的な経済学者、ベンサム(一七四八―一八三二)はイギリスの法学者、哲学者。ともに、のちに十二月党員となった急進的な青年の間で人気があった。

二七 13 アルビオンの傲慢な竪琴――バイロンの詩をさす。アルビオンはイギリスの古名。

三三 4 O rus!…――「おお、村よ!」(ホラティウス)、「おお、ロシアよ!」

三八 2 「黄金づくりの……」――原注に、「『ドニェプルの水の精』第一部より」。オペラ『ドニェプルの水の精』は、ヘンスラーの“Das Donauweibchen”の翻案(クラスノポリスキイ)。

四一 5 こんな名前で……――タチヤーナという名前は、アガフォン、フィラート、フェドーラ、フョークラなどと同様に、農民の間でよく使われた。

四四 3 リチャードソン――イギリスの小説家（一六八九―一七六一）。彼の『クラリッサ・ハーロー』、『サー・チャールズ・グランディソン』などは、ロシアの貴族階級で愛読された。

四七 5 「Poor Yorick !」――原注、「道化の髑髏《どくろ》を見てハムレットのあげた叫び。」

〃 6 オチャコフ――クリミヤ半島の要塞《ようさい》、露土戦争の激戦地。

四九 2 Elle était fille, . . . ――「彼女は少女であった、彼女は恋していた。」――マルフィラートル。

五一 3 〈……〉――初稿に、「田舎《いなか》では午餐《ごさん》のあとの仕事や慰みと言ったらほかでもない、娘たちは手を握りあって、新しい客を一《ひ》と目《め》見ようと戸口へ駆け集まるし、表《おもて》では下男たちが客の馬の品定めをする。」

〃 13 スヴェトラーナ――伝説の王女。詩人ジュコーフスキイ（一七八三―一八五二）の同名の物語詩に、「愛《いと》しいスヴェトラーナは、うれい顔に言葉少なく」という一句がある。

五三 11 ジュリイ・ヴォルマール……――ジュリイ・ヴォルマールはルソーの『新エロイーズ』の主人公。マレク＝アデルは、フランスの女流作家コッタンの小説『マチルダ』の主人公。ド・リナールはクリュードネル男爵夫人の小説の主人公。

〃 15 クラリッサ……――クラリッサは四四ページ三行目の注参照。デルフィンはスタール夫人の同名の小説の主人公。

五四 13 ヴァムピール……――ヴァムピールはバイロンの作と誤り伝えられた、ポリドールの同名の小説の主人公。メルモスはアイルランドの小説家マチューリンの同名の小説の主人公。永遠のユダヤ人は中世の伝説の主人公。コルサールはバイロンの叙事詩。ズボガールはフランス作家ノディエの同名の小説の主人公。

五九　8　「とこしえに希望を捨てよ!」——ダンテの『神曲』、地獄篇より。

六一　5　「穏健思想」誌——原注、「かつて故A・イズマイロフの手でかなりずさんに発行されていた雑誌。ある時、発行者が紙上を借りて、祭日における自分の《乱行》を公けに謝罪したことがある。」

六二　3　ボグダノーヴィチ——詩人(一七四三—一八〇三)、ラ・フォンテーヌの『プシュケの恋』を模倣した『可愛い女』で知られる。

〃　6　パルニー——フランスの愛欲的な詩人(一七五三—一八一四)。

〃　8　饗宴と、悩ましい憂愁の歌い手——プーシキンが高く買っていた詩人バラトィンスキイ(一八〇〇—四四)。

六三　4　「魔弾の射手」——ウェーバー(一七八六—一八二六)のオペラ。

七二　2　La morale est dans la nature des choses. ——「道徳は事物の本性のなかにある。」——ネッケル。

〃　4　〈……〉——初稿に次の四節がある。——「人生の門出にあたって、私を支配したのは、うるわしい、さかしげな、か弱き女性であった。私はそのころ、女性の気まぐれをただ一つの掟《おきて》と考えていた。魂はただ燃えさかる一方で、私の胸には女性が清らかな神とさえ映った。情緒と知恵を兼ねそなえている女性は、完全無欠な姿として輝いて見えた。女性の前では私は音もなく溶け、彼女の愛は高嶺《たかね》の花と思われた。愛らしいその足許《あしもと》に生きて死ぬこと、——それ以外、何の希望も私は持ち得なかった。」

「時によると、私は突然女性を憎悪し、おののいて涙を流し、哀愁と恐怖を抱《いだ》きつつ、女性のなかに意地の悪い、秘密の力の作った創造物を見た。刺すような彼女の目差《まなざし》も、微笑も、声も、話しぶりも、一切が彼女の内部で毒に染み、悪意の裏切りに酔い、一切が彼女の内部で涙と呻《うめ》きに飢え、私の血をすするように思えた。……かと思うと、また私は突然、女性のなかに祈禱《きとう》前のピグマリオンの石像を見た。その石像は、今はまだ冷たくて口もきかないが、やがて祈禱とともに暖かい、生ける女性となるのである。」(ピグマリオン——自作の石像に恋し、神に祈って生命を得たその石像を妻としたという彫刻師)

「物知りの詩人の言葉を借りて、私もこう言わせてもらおう。——『テミラもダフニスもリレータも、はや夢のごとく忘れ去りぬ』と。だが、彼女らの群のうちにただひとり……長らく私の心を捕えたひとがいた。——ただ、私が愛されていたのか、誰に、またどこで、久しい間なのか、などということは、諸君の知るべきことではない。問題はそんなことにはない。昔のことは、過ぎ去ったこと、詰まらぬことだ。問題は、その時いらい私の胸が冷え切って、かたくなに恋に扉を閉ざし、一切が空《むな》しく、暗くなったことである。」

「私はこう悟った、婦人たちは、内心の秘密に背《そむ》きながら、自分自身を正直に値ぶみして、われわれ男性を讃美することができないのだと。女性にとっては、われわれの歓喜は気まぐれな座興に見える。実際、われわれの側から言っても、われわれは勘弁ならぬほど滑稽なのである。われわれは不用意に奴隷に身を落として、その褒美に女性の愛をあてにする。まるで蝶《ちょう》や百合《ゆり》の花に深い情けや情熱を求めることができでもするように、狂気に駆られて愛を呼ぶのだ。」

八二　12　シャトーブリアン――フランスの作家(一七六八―一八四八)、夢想癖と自然への憧憬を抱《いだ》き、フランス浪漫主義文学の始祖と言われる。

八三　11　トルストイ――F・P(一七八三―一八七三)。画家。バラトィンスキイについては、六二ページ八行目の注を参照。

八四　4　ヤズィコフ――同時代の詩人(一八〇三―四六)。プーシキンの友人。

〃　14　あの諷刺詩人――詩人ドミートリエフ(一七六〇―一八三七)のこと。一七九五年、頌詩詩人を槍玉《やりだま》にあげた諷刺詩『異国派』を書いた。

八五　13　年老いた乳母――アリーナ・ロヂオーノヴナ。幼年時代、プーシキンは彼女から沢山《たくさん》のおとぎ話を聞いたが、この詩の書かれたミハイロフスコエ村幽閉時代には、自作の詩を彼女に読んで聞かせた。

八六 4 〈……〉——初稿に次の一節がある。——「飛び散る野鴨の群を、私の眼は追って行く。……すると森に隠れた狩人が、詩情を呪《のろ》いあざけるように、注意ぶかく撃鉄を下ろす。人は誰でも自分の欲望を持ち、自分の心配事を持っている。鉄砲で鴨をねらう人もいれば、私のようにリズムのうわ言をつぶやく人も、厚かましいはえを、はえたたきで打つ人も、陰謀で群衆をあやつる人も、戦いを楽しみとする人も、悲しい感情に甘える人も、酒に我を忘れる人もいる。善は悪と入り混っているのだ。」

〃 10 〈……〉——初稿に次の一句がある。——「だが、こんな服装が果たして諸君にできようか。」

〃 11 〈……〉——初稿に次の一節がある。——「彼はロシアのルバーシカを着、絹の頭巾《ずきん》を帯に締め、ダッタン風の外套《がいとう》を羽織り、移動家屋とでも言った屋根づきの帽子をかぶった。この奇怪な、不道徳な、非常識な服装を見ては、プスコフ県の地主夫人ドゥリーナも、彼女と連れ立っていたミジンチコフも、心の底からあきれ果てた。だがエヴゲーニイは、人の噂《うわさ》を無視したのか、あるいは人の噂を知らなかったのか、世間の機嫌を取るために自分の習慣を改めようとはしなかった。だから彼は、近在の地主たちから嫌われた。」

八七 13 〈……〉——ここに脚韻をあわすための一句——「読者は早々と《ばら》という脚韻をお

待ちであろう。では、さっさと取り給え」――があるが、省略した。《寒波》(モローズ、ィ)と、《ばら》(ローズィ)を合わせ、ロシア詩の脚韻の貧しさと伝統的な特長を皮肉っているのである。

八八 6 プラット――当時のロシア青年貴族の間で愛読された毒舌家のフランスの政論家(一七五九―一八三七)。

九〇 1 フランス語で……――entre chien et loup。

九一 11 ラ・フォンテーヌ――原注、「オーギュスト・ラ・フォンテーヌ、多くの家庭小説の作者。」

九四 9 フィンランドのおとめの歌い手……詩人バラトィンスキイ(前出)のこと。

九六 9 雌猫の歌――原注、「雄猫が雌猫を呼ぶ、ペチカの中で寝るために。」婚礼の歌。

九七 2 「あなたのお名前は?」――原注、「こうきいて、未来の花婿《はなむこ》の名前を知ろうとするのである。」

一〇六 14 ジジイ――プーシキンの友人ヴゥリフの妹、エヴプラクシヤ・ニコラーエヴナ(一八〇九―一八三)。

一〇八 11 〈……〉――初稿に次の二節がある。――「酒宴のことなら、私は断固、御身の神の腕と争うことを辞さないが、いさぎよく白状しよう、他のことでは御身の勝ちだ。御身の凶暴な英雄たちや、理不尽な戦闘、御身のヴィーナスやゼウスは、冷酷なオネーギンや、野原の眠たげなわびしさ、私のイストーミナ、われわれの流行の教養の描写に比べて、遥《はる》かに優れている。だが、誓って言う、私のターニャだけは、御身の汚《けが》れたエレーナよりもずっと可愛く書けている。」

「たといエレーナのためにメネラーオスが、向こう百年間あわれなフリギアの国を罰するのを止《や》めないとしても、またたとい名誉あるプリアムスを取り巻いて集まったペルガモン市の長老たちがエレーナを見て、『メネラーオスは正しい、パリソスも正しい』とふたたび決議しようとも、タチヤーナのことでは何ぴとも異議を唱えられまい。ただ、戦闘の描写については、どうかしばらく待ってもらいたい。始めだけ見て厳しく批評しないでくれ。戦闘は持ちあがるのだ。嘘《うそ》は言わぬ。私は誓ってそう約束する。」

一〇九 4

アルバーニ――イタリヤの画家（一五七八―一六六〇）。

一一〇 6

〈……〉――初稿に次の一節がある。――「まるで鞭《むち》が馬場の砂地で、調馬索につないだ駿足の牝馬を追いまわすように、男たちは物狂おしい輪を描きながら、娘たちを追いまわし、引きまわす。ペトゥシコーフの（彼はもと書記である）靴の裏金や拍車が、がちゃがちゃ鳴る。ブヤーノフの靴の踵は、あたりの床を踏み割っている。物の割れる音、足を踏み鳴らす音、叩きつける音は、――森の奥へ進めば薪も多いの譬《たと》え通り、興の乗るほどに一そう高まり、今や若者たちはしゃがみ踊りを始めんばかりだった。『ああ！　あんまり無理をしないで！』――踵が婦人の足を踏んづける。」

二三 3　La sotto i giorni. . . ——「霧にかすむ短き日々のもと、死を苦痛とせざる人びとの生まれるところ。」——ペトラルカ。

二四 8　レグルス——カルタゴ軍に捕われたローマの将軍。

二八 7　〈……〉——初稿に次の二節がある。——「そうだ、嫉妬の発作は、ちょうどペストや、暗々たる憂鬱症《ゆううつしょう》や、熱病や、精神錯乱などと同様に、立派な病気なのである。熱病のように燃え立つこともあれば、熱も持ち、うわ言もしゃべれば邪悪な夢や幻も見る。神よ、この病気だけは免れさせ給え。猛烈なその苦痛にまさる堪《た》えがたい刑罰は、この世にはない。私の言葉を信じるがいい、嫉妬の苦しみを堪え忍んだ人ならば、もちろん平気で燃える焚火《たきび》の中へ入りもすれば、斧《おの》の下に首を差し出しもするだろう。」

「私は空《むな》しい非難でもって、墓場の平安を乱そうとは思わない。ああ、若い人生のあらしの中で、恐ろしい体験と天国の淫蕩《いんとう》な一瞬を私に授けてくれた御身《おんみ》は、すでにこの世の人ではない。いたいけな子供に教えるように、御身は私を苦しめながら、優しい魂に深い悲しみを教えてくれた。逸楽で血をわき立たせ、その血の中に愛と、嫉妬の残忍な炎を燃やしてくれた。だが、その苦しい日も過ぎ去った。おお、悩ましい幻よ、とわに安かれ！」

三〇 3　デリヴィク——詩人、プーシキンの同窓生(一七九八—一八三一)。

三八 12　〈……〉——初稿に次の一節がある。——「ああ、彼もまた、自らの生を毒で満たしつつ、沢山《たくさん》の善行を積むこともなく、不朽の栄誉をもって新聞のページをしめることができたかも知れぬ。また世の人びとを教化し、友をあざむきつつ、割れるような拍手か呪《のろ》いを聞きながら、恐ろしい人生の道を歩み切り、わがクトゥーゾフ将軍かネルソンのように花やかな勝利のうちに最後の息を引き取ったかも知れぬ。それともまたナポレオンのように追放の身に落ちるか、ルィレーエフのように絞首刑になったかも。……」

一三一 11　今こそ私は新たな道へ……――一八二六年夏、プーシキンは幽閉生活を解かれ、ミハイロフスコエ村を立ってモスクワへ帰った。

一三五 2　レフシン――原注、「農業関係の多数の書物の著者。」

〃 〃　プリアモス――『イーリアス』の中の、高齢で温厚なトロイアの王。

一三六 9　〈……〉――初稿に次の二節がある。――「しかしある日の夕べ、娘のひとりがここへ来た。彼女は重苦しい憂《うれ》いに苦しんでいるらしく、恐怖に胸さわぎつつ、頭を垂れ、ふるえる両手を握り締めて、さめざめと涙を流しながら愛《いと》しい人の墓前に立った。しかしその時、せわしそうな足取りで若い槍騎兵《そうきへい》が近づいてきた。きっちり身にあう軍服を着、すらりとした、頰の赤い槍騎兵は、黒い口ひげを誇りつつ、広い肩をぐっと反らせ、得意気に拍車の音を鳴らしていた。」

「彼女は槍騎兵をちらりと見た。彼の瞳は、いまいましさに燃えていた。そして彼女がさっと顔青ざめてため息をついた時も、ひと言も口をきかなかった。やがてレンスキイのいいなずけは、槍騎兵と一緒に黙ったまま、淋しい場所から離れて行き、その時いらい二度と山の向こうから姿を見せなかった。〈こんなふうにあの世では冷淡な忘却がわれわれを待っている。敵の声も、友の声も、恋人の声も沈黙し、あとはただ相続人の嫉妬《しっと》ぶかいコーラスが、領地のことで不作法な争いをはじめるばかりである。〉」なお、〈 〉の部分は、多少の訂正を加えて、すぐ後に用いられている。

一四〇 13　鋳物の小像――ナポレオンの像と考えられる。

一四七 2　アウトメドーン――ギリシャ神話、アキレスの乗り物。

一四八 11　〈……〉――ここ一節削除、初稿残らず。

一五六 3　Fare thee well, . . . ――「さらば、もしとわの別れならば、とわにさらば！」――バイロン。

〃 12　老デルジャーヴィンは……――デルジャーヴィン(一七四三―一八一六)は十八世紀後半の最大の詩人。一八一五年一月の学習院の進級試験の席上、プーシキンは臨席したデルジャーヴィンの前で自作の詩『皇帝村の思い出』を朗読し、老詩人から抱擁《ほうよう》を求められた。詩人としての輝かしい文壇登場の機縁となったこの出来事を、プーシキンは生涯誇りに思っていた。

一五七 1　〈……〉――初稿ではつづいて、――「ドミートリエフも私の誹謗者《ひぼうしゃ》ではなかった。ロシアの風俗の保存者も(『ロシア国史』の著者カラムジーン)、筆を置くにあたって私に注意を払い、臆病なミューズを愛撫《あいぶ》してくれた。また深い霊感を受けた、すべてうるわしきものの歌い手である君(詩人ジュコーフスキイ)よ、おとめの心の偶像よ、情熱に心ひかれて私に手を差しのべ、清らかな栄誉に私を呼び招いてくれたのは、君ではなかったであろうか。

〃 8 遠くへ駆け去らねば……――プーシキンが皇帝の不興を買って南ロシアへ追放されたことをさす。

〃 11 レノーラ――詩人ビュルガーのバラッドに歌われたドイツの伝説の少女。死霊によって馬に乗せられ、冥府へ運ばれた。

一五八 1 流浪の民の……――プーシキンが南方叙事詩と呼ばれる、『コーカサスの捕虜』、『バフチサライの泉』、『流浪の民』などを書いたことをさす。

一六二 2 私の『悪魔』――プーシキンの詩。

〃 11 あのチャーツキイ……――グリボエードフの喜劇『知恵の悲しみ』の主人公。

一六三 3 シシコフ閣下――シシコフは当時の海軍大将で、伝統主義の立場から外来語の使用に反対した。

一六七 10 〈……〉――削除の部分、初稿残らず。

〃 12 St. Priest――当時有名な社交界の漫画家(一八〇六―一八二八)。

一七四 1 ギボン……――イギリスの歴史家(一七三七―一七九四)、『ローマ帝国衰亡史』の著者。マンゾーニ――イタリア浪漫主義の旗頭、作家（一七八五―一八七三）。ヘルダー――ドイツの思想家、文学者（一七四四―一八〇三）。シャンフォール――フランスの評論家、モラリスト（一七四一―九四）。ビシャ――フランスの解剖学者、生理学者。近代組織学および病理組織学の創始者（一七七一―一八〇二）。ティソー――スイスの医者、通俗的な医学書の著者（一七二八―九七）。ベール――フランスの哲学者（一六四七―一七〇六）。フォントネル――フランスの思想家、文学者（一六五七―一七五七）。

一八〇 13 親しい出会いのたびに……――プーシキンの親友であった十二月党員たちをさすと考えられる。一八二五年十二月の反乱失敗後、彼らの数人は絞首刑になり、残りの多くはシベリアへ流刑に処せられた。

後　記

韻文小説『エヴゲーニイ・オネーギン』は、プーシキンの代表作である。

プーシキンは、一七九九年六月、モスクワの貴族の家庭に生まれた。母方の祖父は、ピョートル大帝の信任あつかったエチオピア人であった。幼年期は、家庭教師と乳母に育てられた。この乳母が将来の詩人にロシア語と民間伝承の文学(民話や民謡)を教えたと言う。一八一一年、ペテルブルグの近郊、皇帝村《ツァールスコエ・セロー》に新設された学習院《リツェイ》に入り、翌一二年のナポレオン戦争の興奮をこの学窓で体験した。彼の詩才は驚くほど早熟であり、十五歳の時、学習院の進級試験の席上、『皇帝村の思い出』を朗読して、当時の詩壇の大御所デルジャーヴィンに抱擁《ほうよう》を求められた。初期の彼の詩は、前時代の趣向である擬古典主義と、当時流行していた感情主義(前期ロマン主義)の強い影響下にあった。一八一七年、卒業して外務院に席をおき、詩作と社交界の生活にふけった。民衆的な要素と民衆語を大胆に使用したおとぎ詩『ルスランとリュドミーラ』、抒情詩、政治詩、寸鉄詩などを書いたが、政治的自由をたたえる『自由』、『村』などが皇帝の不興を買い、一八二〇年五月、南ロシアに追放された。この追放期に、バイロンの詩に傾倒し、バイロン的な多くの抒情詩や、叙事詩『コーカサスの捕虜』、『ガヴリイリアーダ』、『バフチサライの泉』などを書いた。この時期の作品に触れて、後に作者は「そのころ気も狂わんばかりに熱中したバイロンの読書の印をとどめている」と述懐した。一八二四年夏、三番目の配所ミハイロフスコエ村に移り、警察の監視の下に、乳母とただふたり孤独の生活を送った。このころ、バイロンの影響を脱し、シェイクスピアやスコットを耽読《たんどく》、史劇『ボリス・ゴドゥノフ』を書く。翌二五年十二月十四日、デカブリスト(十二月党)の反乱が起こり、多くの友人が死刑やシベリヤ追放になった。二六年夏、詩人は追放を解かれ、丸六年ぶりでモスクワへ帰った。「十二月十四日にペテルブルグにいたら、君はどうしたか」という皇帝の問いに、詩人は「友人のそばにいただろう」と答えたという。それ以後、詩人は陰険な秘密警察のひそかな監視を受けて暮らした。一八三〇年、ナタリヤという少女と婚約、秋、結婚祝いに父から贈られたニジェゴーロド県ボルヂノ村の領地の視察に行き、コレラの流行に伴う交通遮断《しゃだん》のため、三ヵ月足留めされた。これが名高い「ボルヂノの秋」であり、この時、『ベールキン物語』、『コロムナの小さな家』、三十編に及ぶ優れた抒情詩が書かれた。一八二三年の初夏に起稿された『エヴゲーニイ・オネーギン』が、詩人自身の書き留めた計算によると、「七年四ヵ月と十七日」を費やして完成されたのも、このボルヂノ村の秋であった。

それ以後の詩人の生涯は、直接『オネーギン』と関係ない。一八三一年二月、詩人は結婚した。ナタリヤは美しいが社交好きな、浮薄な妻で、詩人の創作欲を理解せず、金銭的、精神的に詩人を苦境に立たせた。プーシキンは苦境の中で『プガチョーフ史』、叙事詩『青銅の騎士』、小説『スペードの女王』、『大尉《たいい》の娘』、そのほか多くの抒情詩を書いたが、一八三七年二月、妻に言い寄った近衛《このえ》士官ダンテスと決闘し、射殺された。

韻文小説『エヴゲーニイ・オネーギン』は、バイロン的な主人公オネーギンと、ロシアの美徳の象徴である、素朴で、真摯《しんし》で、誠実なタチヤーナとの食い違った恋を追う単純な筋立ての他に、作者プーシキンの伝記の出来事や、感慨、文明批評などを歌う抒情的な章句の随所に入り混じった一種混然たる作品である。これは、二十三歳から三十歳に及ぶ七年間に断続的に執筆され、時とともに次第に発展して行ったと考えてよい。執筆の年代と場所は、訳文の各章の末尾に作者の手帖《てちょう》から抜いて付けておいたが、第一章は、一八二五年はじめ、詩人がミハイロフスコエ村に幽閉されている時に単独に発表され、「自序」がついていた。この自序は後に削除されたが、第一章起稿当時の作者の考えを語っていると思われるので、次に掲げておく。――

「『エヴゲーニイ・オネーギン』の幾《いく》つかの歌あるいは章はすでに書かれている。幸運な諸事情の影響を受けて書かれたそれらの章は、『ルスランとリュドミーラ』の作者の初期の作品を記念する陽気さの印をとどめる。

第一章はそれ自身、あるまとまりを示す。この章は、一八一九年終りのペテルブルグ青年の社交界生活の記述を含み、陰気なバイロンの戯作《げさく》『ベッポー』を想起させる。けいがんな批評家諸氏は、当然、プランの欠陥に気づくだろう。第一章のみを読んで小説全体のプランを論ずるのは自由である。コーカサスの捕虜に似た主要人物の反詩的な性格や、最新の悲歌のやり切れない調子で書かれた一部の詩節は、非難を受けるだろう。最新の悲歌にあっては、憂鬱《ゆううつ》の感情が他の一切の感情をのみ込んでしまうのだ。だが、願わくは、読者諸賢の注意を、諷刺的《ふうしてき》な作家には珍しい長所に向けることを許されよ。――すなわち、人身攻撃の欠如と、風俗を冗談めかして記述しながらも断然守った厳しい礼儀正しさとに。」

当時の読者は『オネーギン』の第一章に英国詩人バイロンの影響を読み取った。それに対するプーシキンの反駁《はんばく》が残っているので、それも掲げておく。一八二五年春、友人の詩人ベストゥージェフにあてた手紙である。「……君の手紙は大そう賢明だが、しかし君は間違っている。君は『オネーギン』を正しく見ていない。あれはやっぱり僕の最も良い作品だ。君は第一章を『ドン・ジュアン』と比較する。僕以上に『ドン・ジュアン』を尊敬している者はあるまい(最初の五巻までで残りは未読)、だが、『ドン・ジュアン』のなかには、『オネーギン』と共通なところは一つもない。君は英国人バイロンの諷刺のことを語り、それと僕の諷刺を比べて、僕から彼と同じ諷刺を要求する。——とんでもない、君、それこそ望蜀《ぼうしょく》さ。僕のどこに諷刺がある？『オネーギン』には諷刺のフの字もない。もし僕が諷刺に筆を染めたのだったら、河畔の町(ペテルブルグ)が大騒ぎだろうよ。……大体、『自序』に《諷刺的》という言葉を入れるんじゃなかった。続章を期待したまえ。ああ、君をミハイロフスコエ村に誘うことができたらなあ！　そうすれば、わかってもらえるだろう、——もし今後なおかつ『オネーギン』を『ドン・ジュアン』と比べることができるとしたら、ただ一つの点、つまりタチヤーナとユリヤとどっちが可愛くて優雅かという点だけだということが。第一章はただ駈け足で通りすぎる序論、僕はこの序論に満足している。……」

第二章以後は、特別に解説する必要はあるまい。本文が雄弁に語る通り、この作品は章を追うごとに発展して行き、それと共に作者の共感はオネーギンからタチヤーナへと移った。この共感の移行はまた作者自身の成長でもあった。ラーリン家とタチヤーナをめぐるロシアの現実、民衆の生活と気質に筆がふれた時、作者は国民文学の確立者としての栄誉を手にしたのである。韻文小説という形式、筋の展開を妨げる作者の感慨の挿入、神話から得た古典主義的な博覧多識、悲歌的な――感情主義的な、またロマン主義的な――きざな用語など、その意匠は時代の制約を受けたが、作者の共感のありか、ロシアの自然の描写、田舎《いなか》の生活や民衆とその気質の記述などは、ロシアという国、ロシア人という民族の本質を、簡潔だが鋭くえぐり出し、後の写実派作家たちを想起させる。そこに時代を越えた新しさがある。また、オネーギンが後の《余計者》の原型であること、ドストエフスキイがこの韻文小説の道徳的な意義を評して、タチヤーナのオネーギンに対する勝利は、信仰と確信の喪失から生じる知的空虚さに対する、ロシア人の正義感の勝利の象徴だと言ったことは名高い。この作品はまた、周知のごとくチャイコフスキイによって、オペラ化されてもいる。

最後に、翻訳についてお断わりしておく。私の翻訳は散文訳である。原文は十四行を一詩節とし、約四百詩節から成り立つ長編の詩であって、「韻文小説」という呼び名はそこから出ている。この「韻文小説」を散文に訳したのは、訳者のわがままと好みの故である。専断のそしりを受けねば幸いである。次に、『オネーギン』にはブロツキイ(И. Л. Бродский)、ツィジェフスキイ(D. Čiževsky)のくわしい注釈書があるが(前者はロシア語版、後者は英語版)、注はこの後記と同様、最少限にとどめた。また、作者は決闘後の主人公の遍歴を描く「オネーギンの旅」、主人公が十二月党へ接近する続章など、二、三の原案を持ち、その幾つかの断片を残したが、これらはすべて省略した。なお、テキストはアカデミヤ版プーシキン全集の再版を使用した。

一九六二年

付録

翻訳仕事から——学んだものと失ったもの

私は、翻訳の仕方を、数年前に亡くなられた神西清《じんざいきよし》さんに学んだ。学んだと言うと大げさだが、今日、私が翻訳者の端っこに数えられているとすれば、それは一に神西さんのご生前の親切なお引立てと、ご遺徳の賜物《たまもの》なのである。神西さんは、チェーホフやジイドの緻密《ちみつ》な翻訳で知られるとおり、二葉亭《ふたばてい》や鷗外にも比すべき現代の名訳者であった。師が名訳者であるから、子分も立派な翻訳をするに相違あるまい、——世間は往々、そうした見当ちがいな論理を追うのである。見当ちがいな論理のお蔭《かげ》で、私はロシア文学の翻訳者の端っこに数えられているが、実は、翻訳界のとんだ食わせ者なのである。

それでは、なぜ私が翻訳界の食わせ者であるかと言うと、ここ二、三年来、翻訳が嫌でたまらなくなりながら、やっぱりお金の為《ため》に翻訳をしているからである。こんな仕事はもう止《や》めるぞ！　と誓って見ながら、やっぱり襖《ふすま》の向うにお袋の寝息を聞くと、今さら沖仲仕もできず、砂を嚙《か》む思いで夜ふけまで原稿紙を埋めてゆくのである。人は私を我がままな贅沢者と言うだろうか。翻訳がしたくてたまらないのに、不幸にも仕事に恵まれぬ大勢の外国文学者たちは、見当ちがいな論理のお蔭で翻訳者になりあがった私を、神聖な外国文学の冒瀆者《ぼうとくしゃ》と呼ぶだろう。それでは、なぜ私は翻訳が嫌になったのか。それは、ある日ふと、青春を費《ついや》した翻訳の仕事から、自分の失ったもの、自分の失いつつあるものの大きさに気づいて愕然《がくぜん》としたからである。翻訳という仕事は、多くのことを教えてくれる代りには、多くのことを青年から奪うのである。

大多数の青年が一度は夢見るように、私も青春の眼ざめ時、作家になろうという淡い夢を抱《いだ》いたことがあった。何篇かのあやしげな小説や戯曲を書いたことさえあった。旧制の中学から高等学校へ進んだ頃で、その頃は田村泰次郎氏の『肉体の門』が焼けただれた東京の人気をさらっていたから、私も肉体派だったかも知れない。ほめることはおろか、誰も読んでくれないから、私は潔く初志を捨てた(これは今まで私の行なったただ一つの賢明なことである)。神西さんと知り合って、翻訳という新しい道を見出したのは、数年後、東大のフランス文学科に入る前後であった。その頃、私はある出版社の原稿取りをしていた。ある日、鎌倉のご自宅に原稿を頂きにあがった時、思い切って、フランス語で書かれたあるロシア詩人の回想記の下訳をさせてほしいと切り出した。神西さんは、一瞬ぎょっとされたが、例の柔和な微笑を浮かべて、私の語学の教養を質問された。どういう返事をしたか、不思議に覚えがない。フランス語はともかく、ロシア語に至っては、一高で一年手ほどきを受けたあと、全くの独学である。食わせ者の、めでたい誕生である。

神西さんは、今だに編集者の語り草になっているほどの、名うての遅筆であった。一週間かかって、題名と、戯曲の場合は登場人物を訳して自慢されたという逸話もある。そのあいだ何をしておられたかと言うと、体中の細胞が洩《も》れなく新しい仕事を呼吸するのを、気長に待って居られたに相違ない。隙《すき》のない名訳は、まずこういう心構えから生まれるのである。だから、二ヵ月足らずで訳しあげた原稿紙の束を、私が誇らしげに持ってお訪ねした時、見て置くと言われたきり、ひと月たっても何の音沙汰《おとさた》もないのは当然だった。私はじりじりしながら、毎朝、郵便受をのぞいていた。しまいには、自分勝手な縁起をかついで、今夜は駅から一度も野良犬が吠《ほ》えないから、きっと朗報が届いていると、勇んで部屋に飛び込んで、縁起に裏切られたことも三度や四度ではなかった。二ヵ月近くなると、そのあいだ何度も原書を読み返していたお蔭で、自分の誤読や誤解に気づきはじめた。ある日、私は、半ば催促の気持も手伝って、神西さんを訪ね、誤訳に気づいたから原稿を返して欲しいと言った。私の気持も知らぬげに、神西さんは埃《ほこり》の積った原稿の束を手渡して下さった。それからひと月、私は真黒《まつくろ》になるまで原稿を直した。沢山《たくさん》の誤読や誤解を発見した。生き残ったのは、文末の句点だけだった。文章というものは、推敲《すいこう》すれば簡潔になるという鉄則をおぼろげに知ったのは、この時である。真黒な原稿を清書しながらもう一度推敲して、誇らしげに神西さんにお渡しした。神西さんは、再び見て置こうと言われた。それなり、またひと月、ふた月……。再び私は誤読や誤解に気づきはじめた。再び埃の積った原稿の束を取り返して来て、真黒に直し、清書しながらもう一度推敲してお渡しする。こんなことを、確か三度はやった。

ある日の午後、出版社の用事でお訪ねした時、とうとう神西さんが、そのころ手狭《てぜ》まなご自宅を嫌って近所の広い邸宅に設けておられた仮りの書斎へ、私を通して下さった。机の上には、夢寐《むび》にも忘れぬ激戦場——私の原稿の束があった。三度も私が原稿を書き直したのに気づかれたかどうか、ついにご生前、私は聞きそびれてしまった。何かひどく末梢的《まつしようてき》なことのように思われたのである。さて、神西さんは、ウィスキイの角瓶《かくびん》に入れた日本酒をコップに注ぎ、長いパイプを心持ち上向きにくわえながら、特徴のある、おおらかな美しい書体で、私の原稿を直しはじめた。原書をゆっくり読んで、原稿を見て、それからしばらく空《くう》を睨《にら》んで、素早く訂正する。その姿には、何か画家に似た芸術味があった。時どき、原書の情景を、手ぶり身ぶりで実演して見せ、一ばん的確にその情景を伝える表現を探しておられた。私が驚きもし感嘆もしたのは、一行訂正するたびに、半ページ前、一ページ前から何度も読み直し、目ざわりな言葉はないか、文意はつながるか、文章の呼吸や勢いに狂いはないかと、繰り返し確認されて行く綿密さであった。「残念がる」という私の訳語は、そうした綿密な性能試験の結果、「後悔のほぞを噛む」と訂正された。「醜聞《スキャンダル》を呼び起こした」は、「物議をかもした」と改められた。こうした翻訳の態度と呼吸を一《ひ》と切れも逃がすまいと、私は全神経を張りつめていた。「あとはこういう要領で直し給え」――二時間ほどして釈放された時、私は顔が青ざめるほど疲れていた。心は興奮していた。文章は生き物だ。――何度、私はつぶやいたことだろう。

この時から、私は徹底的に神西さんの翻訳を模倣しはじめた。それは理屈を越えた、情熱の動きであった。翻訳はとても模倣ができないから、まず態度――というより仕草を真似《まね》しはじめた。今から十年ほど前、思えばまだ私の内部に若い魂が息づいていた二十二、三歳の頃である。ペンの持ち方、字の書き方、パイプのくわえ方、……笑い方まで神西さんに似て来たと、よく冷やかされたものである。そのかたわら、白系ロシアの婦人を見つけて、これも徹底的にロシア語を学んだ。神西さんの翻訳を繰り返し原文と照合した。日本語の本を読むたびに、語彙《ごい》をふやし、あざやかな表現を紙切れに書き取って、ポケットに入れて持ち歩いた。そうした修練を、神西さんのご好意で仕事を頂くたびに、実地に応用して見た。年期の入った神西さんのお仕事には、勿論《もちろん》、遠く及ぼうはずはないが、それでも急速に上達したかに見えた。少なくとも私は、推敲と苦心が訳文を流暢《りゅうちょう》にするのを発見した。

神西さんが、長い闘病のすえ、五十三歳の生涯を閉じられてから、二、三年たった秋の一日であった。私はチェーホフの短かい月報が書けずに苛立《いらだ》っていた。翻訳の場合には、原文というありがたい軌道があるから、極言すれば言葉と表現の苦心だけで、何枚でも原稿を埋めることができる。ところが、この翻訳的修辞語は、書き物の場合にはまるで無力であった。何度書き直しても、何か実のない、上っ滑りな、誠実味のない文章ができるのである。あげくの果てには、機知や逆説で武装した、今思うとチェーホフとはおよそ縁もゆかりもない、滑稽なチェーホフ観が生まれているのである。その時、ふっと疑惑の風が吹き込んだ。私は翻訳的文章は書けても、自分の文章は書けないのではあるまいか。

一度そう疑うと、疑惑が疑惑を呼んだ。私の翻訳語は、所詮、人造語ではあるまいか。それはありのままの素直な表現ではなく、格調や流暢さだけを目的とした、凝りすぎの、言わば古典主義的な語法ではないか。現代の文章は、自分の語りたいことを、素直に、素朴に、簡潔に書けばいいのではないか。それが的確な表現ではないか。こうした疑惑が、見る見る心に広がった。それでは、私は何を語り何を書きたいのか。最後の疑問に行きあたった時、私は愕然とした。私には語るべき、書くべき何物もなかったのである。

私は、神西さんの翻訳を見習いながら、自分が重大な見落しをしていたのに気づいた。一局の碁を優に敗局へ導くほどの、それは見落しであった。神西さんの翻訳には、何十年もの年期が入っていたのである。その何十年のあいだに、神西さんは評論にも創作にも自分を試して来られた。そういう長年の努力と苦心が、晩年のあの一種独特の翻訳の奥深い背景であった。私は浅はかにもそういう努力を瞬間に行なおうと力《りき》んでいた。世界の列強の仲間入りをするために、大あわてで髷《まげ》を切り幅の狭い鉄道を敷いたどこかの後進国に、それは似た姿であった。

語るべき、書くべき何物もないということは、自分がないということである。自分のない自分が翻訳をしている以上、私は翻訳機械に過ぎないではないか。私の払った沢山の努力は、私自身を豊かにするのではなく、私という機械を多少精巧にするための努力ではなかったか。――こう思うと嫌な気がした。その頃私は病的だったかも知れない。こんな愚劣な論理が、ひどく私を憂鬱《ゆううつ》に駆り立てたのである。それでは、私はどうしたらいいのか？　この問いは、今の私が答える問いではあるまい。

何か遠い昔のことを、他人の空《むな》しい苦心を思い出すような気持で、私はこの文章を書いて来た。何か読者の参考になることが、言葉の端にあっただろうか。二葉亭の翻訳も、鷗外、荷風、岸田国士《きしだくにお》、あるいは神西さんの翻訳も、作家であり劇作家の翻訳であるから声価が高いのではあるまい。いや、作家なるが故に質の高い翻訳であるのか。作家とは、自己を失わぬ強い性格の謂《いい》である。

（一九六一年刊、角川書店「近代文学鑑賞講座」21巻、月報20）

偉大なる書痴・鳴海完造

先日、読売新聞の文化欄に、世に知られることなく畢《おわ》ったプーシキン研究者、故鳴海《なるみ》完造《かんぞう》氏のことをわたくしは書いた。すると、それに対して、本誌の編集部から、その鳴海氏について、もう少し詳しく書いてはもらえまいか、という申し出を受けた。あだかもそれは、青森県黒石《くろいし》市の、鳴海氏ご本家の土蔵にねむるロシア語図書の整理に、友人と旅立つ直前のことであった。わたくしは鳴海氏とのふしぎな縁《えにし》を感じつつ、筆を執ることを心に決めた。鳴海氏のことが、このまま忘れ去られることが、何か惜しい気がしたからだ。鳴海氏の七十五年に及ぶ無言の生涯は、何かを語っているのではあるまいか、そう思われたのである。

鳴海完造氏とわたくしが知り合ったのは、氏の晩年三年あまりのことであった。氏と同郷のひとであるK書房のO君が拙宅を訪れたさいに、こういう老人が、『オネーギン』をはじめプーシキンの初版本を所蔵していると告げた。飛び立つ思いで、わたくしはO君とともに、洗足池《せんぞくいけ》に近い鳴海氏の寓居を訪ねた。それから、幾《いく》たびかお邪魔して、その隠れた浩瀚《こうかん》な学殖に驚き、世に知られざるその良質な蔵書にさらに驚いた。蔵書は、生涯おのれの家を持たなかった氏の、古びた、狭い借家の部屋部屋に、ぎっしり横積みされていた(今にして思えば、それは鳴海蔵書の一部に過ぎなかったのだ)。一冊一冊が、持主の手で厳重にカバーを掛けられていた。書名が、克明な書体で、その背に手書きされていた。蔵書にも気品というものがあるのだろうと思う。わたくしからはみだりに貸してほしいなどとは言い出せないものが、そこにはあった。わたくしはただ、当時自分の一切の興味を占めていたプーシキン詩について、氏と語り合っただけだ。やがて、鳴海氏のほうから、蔵書を自由に持って行けと言ってくれた。そうして、わたくしはプーシキン伝記を書いた。その後、鳴海氏は、黒石市にねむる蔵書について語り、その整理をわたくしに依頼された。それは氏の、死の床《とこ》においてであった。

『論語』の一節に、「人知ラズシテ慍《いか》ラズ、亦《また》君子ナラズヤ」という名句がある。鳴海氏のことを思うたびに、わたくしは一種悲哀のにじみ出たこの言葉を思い出し、この言葉を思い浮かべるたびに、わたくしは鳴海氏のことを思った。鳴海氏の生涯は、失礼ながら、決して成功者のそれではなかっただろう。それは確かである。が、だからと言って、それが氏の学殖となんの関わりがあるのか。滞ソ時代、中条(宮本)百合子とともに、鳴海氏と交友のあった湯浅芳子氏は、近年(昭和四十四年)のある対談の席で、鳴海氏に触れてその経歴を語ったのち、「芽が出なかったね、あの人は」と言っているが、ではソビエトへ遊学して翻訳をしただけのことが、はたして「芽が出た」というのであろうか。

こんな思いを抱《いだ》いて、わたくしは黒石市へ行き、鳴海氏ご本家の土蔵のなかで、久しくねむったままの、ロシア語図書の目録作製の仕事に従事した。鳴海氏の甥《おい》で、ソビエト・東欧経済を専攻されている桃山学院大学教授、竹浪祥一郎氏を中心に、仕事は、わたくしと、同学の一橋大学教授、中村喜和氏との三人でなされた。前後十日間の仕事であった。夜になると、ご本家から借りた車で十和田《とわだ》街道をのぼり、板留《いたどめ》のいわゆる「客舎」に帰って、そこの熱いいで湯に、古書のほこりと一日の疲労を洗い落した。眼の前に、浅瀬石川《あせいしがわ》の清流をはさんで、指呼《しこ》の間に小高い富岡山《とみおかやま》を仰ぎ、背後にほの暗い田代《たしろ》山《やま》を背負うこの板留の里は、むかし無産派文化人、秋田雨雀《あきたうじやく》が、ふる里へ帰るたびに塵寰《じんかん》の憂《うれ》いを忘れた憩いの土地であり、そんな雨雀を囲んで、まだ若かりしわが鳴海完造氏が、同好の知友たちと定かならぬ未来の日を夢見た揺籃《ようらん》の地でもある。またそこは、今は忘れ去られた歌人、鳴海要吉が、「背戸の山はわらびも太し山鳩は、ててっぽうぽう、ててっぽうぽう」と歌った土地でもあったのか。早起きのわたくしは、朝まだき、山鳩とうぐいすの鳴く音に、目ざめた。

蔵書整理の仕事は、最初の一日から、われわれを完全に魅了した。鳴海氏のロシア語図書は、冊数にして四千冊ほどある。そのうち、『オネーギン』、『ボリス・ゴドゥノーフ』、『検察官』、『死せる魂』などのそれを含む、小型トランクいっぱいの初版本と、プーシキンのおもだったテキスト、研究書を主体とする千冊ほどの書物は東京にあって、わたくしはすでにそれらを見知っていた。が、黒石市の土蔵にねむる三千冊の書物は、これまたみごとな蔵書であった。そこには、前世紀末から今世紀三〇年代はじめにかけて、すなわちソビエト革命をはさむ、ロシア文化の異常な高揚と急激な没落と、そして新たな苦しい再建との、もっとも興味深い時代の作家、詩人、批評家、学者たちの仕事が、まるで昨日の時代のことのように、無造作に林立していた。それらの書物を手に取りながら、われわれは鳴海氏の執拗な蔵書趣味を、ひしひしと肌身に感じた。鳴海氏はひとりの作家なり詩人なりに興味を持つと、その著作はもちろん、その作家・詩人に関係あるすべての書物を、徹底的に蒐集《しゅうしゅう》しないではいられないタイプの蔵書家であった。ブロークが、アンドレイ・ビェールイが、アンナ・アフマートワが、シクロフスキイが、こうして蒐集された。未来派の詩人フレーブニコフの場合には、死後八年を経た一九三〇年、「フレーブニコフの友たちの会」がモスクワで出した、手書きガリ版刷りの、薄い地下出版雑誌までが、何冊か集められていた。革命前、マヤコーフスキイとともに、反体制詩人として脚光を浴びたフレーブニコフも、この時代になると、公けの出版を否認されていたのであろう。

鳴海蔵書のもう一つのきわだった特色は、ロシア文学に関する各時代の学者、研究者の仕事が、同じ執拗さをもって徹底的に蒐集されたことである。鳴海氏が「プーシキン学」に精通した碩学《せきがく》であったことは、すでに別の機会に書いたが、そのプーシキン研究を通じて感じられた氏の学問への愛は、黒石市の土蔵にねむる蔵書の隅々にも脈々と生きていた。鳴海氏は学問とは何かを知る人であった。専門的な人名や書名をここに掲げることを、わたくしは遠慮しておくが、この点では同学の中村氏も同感であった。われわれは一日の労働のあとで、暮れなずむ十和田街道に車を走らせながら、あの時代にどこから鳴海氏が、あれほど見事な学問の系譜についての知識を得たのか、とふしぎがった。中村氏は板留の客舎で、「書痴だ、鳴海さんは書痴ですね」としきりにつぶやいていたが、ある夜には感に堪《た》えないように言った。「つまらぬ論文を書くよりは、これだけの蔵書を蒐集するほうがはるかに後世有益ではないか」と。

そうしてわたくしは思うのである。この蔵書の蒐集が今から四十年あまりも前に、変動の国ソビエトで行なわれたことを。しかもその多くが、かの国の特殊な事情のために、歴史に埋没して消え去ってしまったものであることを。また同様にわたくしは思うのである。この貴重な蔵書が、わが国の戦火をくぐって津軽の一隅に無事保存されたことを。もっともこれには、戦時中、図書疎開にあたられた当主、鳴海誠二氏の暖かい心がはたらいているのだけれども。

ここでわたくしは、鳴海氏の生涯について、その略歴を簡単に述べておこうと思う。先生、易簀《えきさく》ののち、静子夫人からうかがったことや、鳴海氏の対談『滞ソ九年を語る』から知り得たことがらである。

鳴海完造氏は、明治三十二年(一八九九)、青森県南津軽郡黒石町に生まれた。生家は呉服商を営む旧家マルニ商店であり、盛時には黒石町から弘前《ひろさき》まで、いわゆる「他人の土地を踏まずに行けた」ほどの豪商であった。弘前中学を卒業後、一時家業を手伝ったが、向学心に燃えて上京、東京外語露語部に入学。なぜロシア語を選んだかについて、氏はそのころはじめて翻訳の出たドストエフスキイの『白痴』や『虐《しいた》げられた人びと』

を読み、ロシア文学に「すっかり参った」ためだと語っている。大正十二年(一九二三)、外語を卒業、さらに早稲田大学露文科に籍を置いたが、一年あまりで中退、郷里へ帰って農学校、実科女学校に英語を教えた。鳴海氏は外語在学中にエスペラントを習得し、また同郷の先輩、秋田雨雀に親しんだが、みずからが左傾することはなかった。氏はそんな自分を「湿った爆弾」と自嘲《じちょう》していた、とある老友はわたくしにこう語ってくれた。

鳴海氏の生涯に、大きな転機が訪れたのは、昭和二年(一九二七)秋のことであった。この年、革命十周年にさいして、ソビエト政府からいわば国賓《こくひん》待遇で招待された秋田雨雀に同行して、モスクワへ行ったのである。目的はロシア語を学ぶためであった。モスクワで鳴海氏は、雨雀の口ききや、折から後藤新平の通訳として訪ソした外語時代の恩師、八杉貞利の推薦、それにソビエトの高名な日本学者コンラッド博士の配慮などによって、レニングラード東洋学院日本語講師の職を得、のちレニングラード大学に移って、足かけ九年、かの地に留まることになる。同じころ、私費で遊学した中条百合子、湯浅芳子と交友を持ったのは、その最初の年月であった(百合子の小説『道標』中の青年内海厚はこの時期の鳴海氏の姿を描いている)。

やがて、九年の歳月が過ぎ、昭和十一年(一九三六)一月、鳴海氏は帰国、このとき氏は三十七歳の壮年である。出発のころは、芥川龍之介の自殺や、いわゆる三・一五事件――官憲による左翼運動の弾圧がありながら、まだ自由の雰囲気が失われていなかったが、満洲《まんしゆう》事変を閲《けみ》して、世相はがらりと変わっていた。黒石町や弘前市でも特高が氏を張り込んで、理髪店にまで先廻りしていた、同郷の故旧はこう語って笑った。

やがて鳴海氏は上京、浦賀ドックのロシア語通訳、日露通信社編集部員を勤めたのち、昭和十六年秋、軍部肝いりの貿易会社、昭和通商の調査部にはいった。当時の同僚某氏の談によれば、そこはいわゆる赤紙のがれの就職口で、教員くずれ、新聞記者くずれ、外交官くずれ、右翼、左翼くずれなどの溜り場であったという。ただ給料が高く、窮屈になって行く世のなかで、好きなことが勉強できるのが取り柄であった。

鳴海氏個人にとっては、この二、三年が物質的に、生涯いちばん恵まれた時代だったのではないかと思う。YWCAに勤める静子夫人と結婚、一女を儲《もう》けたのも、この時期である。蒐書趣味をいやすために、毎日昼になると九段坂《くだんざか》をおりて神保町《じんぼうちょう》へ行き、すでに少なくなりはじめていた岩波文庫を克明に買い集め、また二葉亭《ふたばてい》、鷗外、漱石、荷風らの初版本を入手した(鳴海氏には別に日本語の蔵書がある)。戦争の激化とともに、氏は満洲ハルビンへ出張を命ぜられ、上海《シャンハイ》へ移って終戦を迎える。四十六歳であった。

終戦後、鳴海氏は、妻子と蔵書の疎開する津軽のふる里へ引きあげたまま、世に出る機会を失った。ただ一度だけ、雨雀の口ききで、再開された早稲田大学露文科に職を求めたことがある。が、氏の希望は実らなかった。「教職には望みを持つな」——冷たい断わりの手紙をじっと見つめていた夫の姿を、静子夫人はいまだに忘れられないという。氏には翻訳なり論文なり、大学教師に必要な「業績」がなかったのである。やがて氏は弘前大学図書館に勤めを持ち、若い女館員たちに混じって、わずかに図書カード書換えの仕事をして口を糊《のり》した。静子夫人が英語教師となって、家計を助けた。のち、鳴海氏は、東京に出て、東海大学図書館に勤め、かたわらロシア語の初歩を教えた。すでに年老いてからである。昭和四十九年(一九七四)十二月、持病の喘息《ぜんそく》発作のために死去。享年七十五であった。

さて、鳴海氏は、すでに触れたとおり、厖大《ぼうだい》、良質な蔵書を持っておられた。いわゆる書万巻を擁《よう》していたのである。またプーシキン研究に関して言えば、わたくしが証人であるが、驚くほど浩瀚な学殖を身につけておられた。ところが、何も物を書かれなかった。なぜであろうか。その理由を探せば無数にあげることができるだろうと思う。氏が一種の完全主義者であって、みじめな仕事を残す気になれなかったことも、その一つであろう。

氏のもっとも脂《あぶら》の乗り切った時代が、運悪く戦時色であって、氏をして書斎の人たらしめなかったことも、その一つであろう。わが国における過去のロシア文学界において、鳴海氏のむしろ正統的な学問が、根づくべき土壌を持たなかったことも、その一つだろう。鳴海氏にはいくぶん酷な言い方であるが、鳴海氏がそうしたあらゆる悪条件をはね返すだけの力を、ヴァイタリティを、持ち合わさなかったことも、事実であろう。が、理由などはどうにでも付くのである。わたくしはここで、むしろ鳴海氏が書物を集めることに没頭したその姿について、書き留めておきたいと思う。

鳴海氏の書物狂いについて、静子夫人はわたくしにこんなエピソードを語られた。鳴海氏が一家の経済を無視して、あまり本ばかり買うので、ある日、激しく苦情を言ったことがある。すると鳴海氏は、うつむいてじっと聞いていてから、「すまん、すまん」と言ってその場を逃《の》がれた。ところがあくる日になると、またまた本を抱えて帰って来た。「ほんとうに本が好きなひとだったのでございますねえ」夫人はこう言って涙をぬぐわれた。

鳴海氏がソビエトにおいて書物を集めたときも、やはり氏のふところは豊かではなかった。わたくしは氏のふる里に行ったとき、偶然、氏の親戚筋のひとりから、鳴海氏の滞ソ中の私信を二通拝借することを得たが、その私信からも、そのことはうかがうことができた。もともと鳴海氏は雨雀に同行してモスクワへ行ったとき、ほとんど往復の旅費しか懐中しなかった。それは折から父作兵衛が、新規事業に失敗して苦境にあったためである。

同じころ演劇研究に訪ソした、現在、早稲田大学教授の野崎韶夫さんは、当時一万円持って外国へ行くと、三年間潤沢な留学生生活を送ることができたとわたくしに語ってくれたが(米一俵十円の時代である)、そんな大金を出す余裕は、鳴海家にはなかったのである。鳴海氏の名が頻出する『雨雀日記』の、昭和三年三月某日の項には、モスクワでの就職運動がはかばかしく進捗《しんちょく》しないのに鳴海氏が焦《じ》れて、「金がないからもう帰ると言いだした」――そういう記事まである。

また同じ『雨雀日記』によると、レニングラード東洋学院日本語講師の口が決まったあと、実際の授業は九月開講であるのに、コンラッド博士の好意で、六月分から給料をもらうことになったことも知られる。もっともその給料は、わずか八十ルーブリであった。「外国人だからと言つて、日本みたいに馬鹿らしい程たくさん金はくれません。すべて同じです。働く時間数できまるのです」――昭和三年八月初旬の日付のある一通の私信のなかで、鳴海氏は書いている。「……外務省の連中は(留学生のことか――池田)、月二五〇円づゝ貰《もら》つてゐるが、今ルーブリの相場が非常に下《さが》つてゐるので、それが四〇ルーブリ位になるさうです。だから随分ゼイタクをして遊んでゐるといふ話です」

わたくしが見ることを得た鳴海氏のもう一通の手紙は、丸二年たった昭和五年八月のそれである。この手紙のなかで鳴海氏は、自分が満三十一歳になったこと、まだ独身でいること、すっかりソビエト生活に慣れたこと、一度帰国して色々仕度して出直したいとも考えたが、再出国が面倒らしいのでこのまま居つづけること、などを書きつらねたあと、その生活ぶりをこんなふうに報じている。「夜は日本にゐたときと同じ様に三時四時までも本の中に埋れながら起きて居《い》ます。部屋の中はベッドと本だけです。本は随分たまりました。ロシアの本だけで八百五十冊位もあります。自分ながらつくづく本虫《シミ》だなあとあきれて居ます」――そうして鳴海氏の手紙には、二通とも、何枚にも及ぶ別紙が添えられている。それは日本から送ってもらいたい書物の長い長いリストであった。

わが国古典文学のテキスト、研究書、辞典、文学全集、音楽全集、画集、政治・経済の諸本、新刊雑誌……。

それらは律義な日本語講師としての氏に必要な書物ではあったことだろう。が、ときにぜひ欲しい書物とのめぐり合いの瞬間、これらの邦書が仕方なく手放されたこともあるかも知れぬ。わたくしは金にあかせて珍本、稀覯本《きこうぼん》を買い集める人を、愛書家とも蔵書家とも呼ばない。足らぬがちの生活のなかを、気兼ねしいしい、やむにやまれず買う、それを蔵書の心と呼びたい、――鳴海氏の私信を見て、わたくしはふとこう思った。

終戦後のことであるが、鳴海氏はかつての教え子で、今はモスクワ大学教授となったヴェーラ・マルコワと文通をはじめる機会を持った。マルコワさんは、石川啄木《いしかわたくぼく》の露訳者として、わが国にも知られる誠実な研究者である。この出来事は、氏の所蔵するツルゲーネフの手紙が、本国で真筆と認められて、全集に収録された事件とともに、氏の老年を照らす明るい輝きと言えるだろう。が、文通再開と同時に、ふたたび燃えあがったのは氏の執拗な蔵書趣味であった。

鳴海氏はマルコワさんを通じて、自分が帰国後買いそびれたプーシキン研究書や新たなテキストを、克明に集めはじめたのである。洗足池の寓居で拝見して驚いたあの良質な蔵書は、こうして氏が入手したものであった。その代償として、鳴海氏がマルコワさんの研究のために、わが国のさまざまな諸本を買い集めて送っていたことは言うまでもない。書物の交換は、鳴海氏の死のその時まで、律義に行なわれた。

わたくしは鳴海氏の蔵書趣味と、プーシキンへの生涯かけての傾倒の一例として、氏自身の詩をここに掲げようと思う。鳴海氏が死の床で口述された日記『老醜のうわごと』のなかのそれである(原文、行分け詩)。

「おお、プーシュキン、アレクサンドル・セルゲイチよ！　あなたに有名な『わたしは素晴しい瞬間をおぼえている』という詩があるが、わたしにも同じような瞬間があって今も忘れない。それは、あなたのあの『エヴゲーニイ・オネーギン』の初版本との出会いの瞬間だ」

「おお、アレクサンドル・セルゲイチよ！　今から四十五年前のこと、奇《く》しくもあなたから一世紀おくれ、一八九九年に生まれた日本の一青年が、あなたの新しい祖国にあこがれて日本を旅立ち、モスクワを経てレニングラードに落ち着いたのだが、そこで、いみじくも、『やがて後の世の人びとはあらゆる言葉もて、わたしの名を呼ぶであろう……』と歌ったあなたの予言的な詩が、ものの見事に的中していることを確かめた」

「おお、アレクサンドル・セルゲイチよ！　あなたは人間なのか？　あなたは神なのか？　あなたは悪魔なのか？　そしてわたしは心に契った、プーシュキンよ！　あなたの大きな秘密を解き明かしてやろうと！　そのため先《ま》ずあなたの作品を出来るだけ多く集めよう！　またすぐれたプーシュキニストたちの研究書を、力の及ぶ限りあつめよう！　わたしの仕事ははじまった――あなたに関する文献目録を手に、わたしの本屋の巡礼がはじまった……」

鳴海氏はつづいて、レニングラード古本街の今昔に触れたあと、とある店の飾り窓のなかに、『オネーギン』初版本を発見して、それをふるえる手に握り締める。

「おお、プーシュキン、それはなんとあなたの『オネーギン』の初版本ではないか！　全八章を七分冊にして、一八二五―三二年に出版されたのを合本にしたものだ！　いくらだ？　八〇ルーブリだという。金は足りない、三〇ルーブリを手金として渡し、明日五〇ルーブリを持ってくるからと言って店を出る。日本人の友人たちのところへ駆けつけ、訳を話して五〇ルーブリを借り集め、翌日とうとう『エヴゲーニイ・オネーギン』を自分のものにした。ウラア、バンザイ！　こんなに早く『オネーギン』の初版本を手に入れるとは！　おお、アレクサンドル・セルゲイチよ！　あなたの傑作中の傑作、かのベリンスキイをして『ロシア人生活のインサイクロペジア』と讃嘆せしめた『オネーギン』の初版本が手に入ったのだ！」

「おお、『エヴゲーニイ・オネーギン』との出会いの瞬間よ！　おお、わが青春の日の輝かしきあかしよ！　おお、プーシュキン、アレクサンドル・セルゲイチよ！　わたしもまた素晴しい瞬間を忘れない！」

わたくしは詩の巧拙をここに論じようとは思わない。これが死の床で口述されたものであることを、ふたたび指摘すれば、足りるのである。

（一九七五年十月号「文藝春秋」）

〔編集付記〕

一、今回の改版に際しては、河出書房新社版世界文学全集Ⅱ-8『プーシキン・ゴーゴリ』(一九六八年刊)所収の池田健太郎訳『オネーギン』を参照し、あわせて振り仮名と送り仮名の調整を行なった。

一、「シルレル」を「シラー」にするなど、いくつかの固有名詞の表記については、池田健太郎氏の著作権継承者のご了解を得て、現在一般的に用いられている表記に改めた。

一、このたび付録として、池田健太郎氏の文章「翻訳仕事から――学んだものと失ったもの」「偉大なる書痴・鳴海完造」の二篇を収録した。その底本には池田健太郎著『わが読書雑記』(中央公論社、一九八〇年刊)を用いた。

※本書中に差別的な表現とされるような語が用いられているところが若干あるが、訳者が故人であることも鑑みて、今回それらを改めることはしなかった。

(二〇〇六年八月、岩波文庫編集部)

オネーギン　プーシキン作

1962年5月16日　第1刷発行
2006年9月15日　改版第1刷発行
2025年4月15日　第14刷発行

訳　者　池田健太郎《いけだけんたろう》

発行者　坂本政謙

発行所　株式会社 岩波書店
〒101-8002 東京都千代田区一ツ橋 2-5-5

案内 03-5210-4000　営業部 03-5210-4111
文庫編集部 03-5210-4051
https://www.iwanami.co.jp/

印刷・三秀舎　カバー・精興社　製本・松岳社

ISBN 978-4-00-326041-8　　Printed in Japan

読書子に寄す

——岩波文庫発刊に際して——

岩波茂雄

真理は万人によって求められることを自ら欲し、芸術は万人によって愛されることを自ら望む。かつては民を愚昧ならしめるために学芸が最も狭き堂宇に閉鎖されたことがあった。今や知識と美とを特権階級の独占より奪い返すことはつねに進取的なる民衆の切実なる要求である。岩波文庫はこの要求に応じそれに励まされて生まれた。それは生命ある不朽の書を少数者の書斎と研究室とより解放して街頭にくまなく立たしめ民衆に伍せしめるであろう。近時大量生産予約出版の流行を見る。その広告宣伝の狂態はしばらくおくも、後代にのこすと誇称する全集がその編集に万全の用意をなしたるか。千古の典籍の翻訳企図に敬虔の態度を欠かざりしか。さらに分売を許さず読者を繫縛して数十冊を強うるがごとき、はたしてその揚言する学芸解放のゆえんなりや。吾人は天下の名士の声に和してこれを推挙するに躊躇するものである。このときにあたって、岩波書店は自己の責務のいよいよ重大なるを思い、従来の方針の徹底を期するため、すでに十数年以前より志して来た計画を慎重審議この際断然実行することにした。吾人は範をかのレクラム文庫にとり、古今東西にわたって文芸・哲学・社会科学・自然科学等種類のいかんを問わず、いやしくも万人の必読すべき真に古典的価値ある書をきわめて簡易なる形式において逐次刊行し、あらゆる人間に須要なる生活向上の資料、生活批判の原理を提供せんと欲する。この文庫は予約出版の方法を排したるがゆえに、読者は自己の欲する時に自己の欲する書物を各個に自由に選択することができる。携帯に便にして価格の低きを最主とするがゆえに、外観を顧みざるも内容に至っては厳選最も力を尽くし、従来の岩波出版物の特色をますます発揮せしめようとする。この計画たるや世間の一時の投機的なるものと異なり、永遠の事業として吾人は微力を傾倒し、あらゆる犠牲を忍んで今後永久に継続発展せしめ、もって文庫の使命を遺憾なく果たさしめることを期する。芸術を愛し知識を求むる士の自ら進んでこの挙に参加し、希望と忠言とを寄せられることは吾人の熱望するところである。その性質上経済的には最も困難多きこの事業にあえて当たらんとする吾人の志を諒として、その達成のため世の読書子とのうるわしき共同を期待する。

昭和二年七月

《東洋文学》〔赤〕

楚辞　小南一郎訳注
杜甫詩選　黒川洋一編
李白詩選　松浦友久編訳
唐詩選　全三冊　前野直彬注解
完訳 三国志　全八冊　小川環樹・金田純一郎訳
西遊記　全十冊　中野美代子訳
菜根譚　洪自誠　今井宇三郎訳注
阿Q正伝・狂人日記 他十二篇（吶喊）　魯迅　竹内好訳
朝花夕拾　魯迅　松枝茂夫訳
歴史小品　郭沫若　平岡武夫訳
家　全二冊　巴金　飯塚朗訳
新編 中国名詩選　全三冊　川合康三編訳
聊斎志異　全二冊　蒲松齢　立間祥介編訳
李商隠詩選　川合康三選訳
白楽天詩選　全二冊　川合康三訳注
文選　全六冊　川合康三・富永一登・釜谷武志・和田英信・浅見洋二・緑川英樹訳注
曹操・曹丕・曹植詩文選　川合康三編訳
ケサル王物語 ―チベットの英雄叙事詩　アレクサンドラ・ダヴィッド＝ネール、アプル・ユンテン　富樫瓔子訳
バガヴァッド・ギーター　上村勝彦訳
ダライ・ラマ六世恋愛詩集　今枝由郎・海老原志穂編訳
朝鮮童謡選　金素雲訳編
朝鮮短篇小説選　全二冊　大村益夫・長璋吉・三枝壽勝編訳
尹東柱詩集 空と風と星と詩　金時鐘編訳
アイヌ民譚集 付 えぞおばけ列伝　知里真志保編訳
アイヌ叙事詩 ユーカラ　金田一京助採集並ニ訳

《ギリシア・ラテン文学》〔赤〕

ホメロス イリアス　全二冊　松平千秋訳
ホメロス オデュッセイア　全二冊　松平千秋訳
イソップ寓話集　中務哲郎訳
アイスキュロス アガメムノーン　久保正彰訳
アイスキュロス 縛られたプロメーテウス　呉茂一訳
アンティゴネー　ソポクレース　中務哲郎訳
ソポクレス オイディプス王　藤沢令夫訳
ソポクレス コロノスのオイディプス　ソポクレス　高津春繁訳
ヒッポリュトス ―パイドラーの恋　エウリーピデース　松平千秋訳
バッカイ ―バッコスに憑かれた女たち　エウリーピデース　逸身喜一郎訳
ヘシオドス 神統記　廣川洋一訳
女の議会　アリストパネース　村川堅太郎訳
アポロドーロス ギリシア神話　高津春繁訳
ダフニスとクロエー　ロンゴス　松平千秋訳
ギリシア・ローマ抒情詩選 ―花冠　呉茂一訳
オウィディウス 変身物語　全二冊　中村善也訳
サテュリコン ―古代ローマの諷刺小説　ペトロニウス　国原吉之助訳
ギリシア・ローマ神話 付 インド・北欧神話　ブルフィンチ　野上弥生子訳
ギリシア・ローマ名言集　柳沼重剛編
ローマ諷刺詩集　ペルシウス、ユウェナーリス　国原吉之助訳

《南北ヨーロッパ他文学》〔赤〕

- ダンテ 新生 山川丙三郎訳
- 夢のなかの夢 タブッキ 和田忠彦訳
- カヴァレリーア・ルスティカーナ 他十一篇 G・ヴェルガ 河島英昭訳
- カルヴィーノ イタリア民話集 全二冊 河島英昭編訳
- むずかしい愛 カルヴィーノ 和田忠彦訳
- パロマー カルヴィーノ 和田忠彦訳
- カルヴィーノ アメリカ講義 ―新たな千年紀のための六つのメモ 米川良夫・和田忠彦訳
- まっぷたつの子爵 カルヴィーノ 河島英昭訳
- 魔法の庭・空を見上げる部族 他十四篇 カルヴィーノ 和田忠彦訳
- ペトラルカ ルネサンス書簡集 近藤恒一編訳
- ペトラルカ 無知について 近藤恒一訳
- 美しい夏 パヴェーゼ 河島英昭訳
- 流刑 パヴェーゼ 河島英昭訳
- 祭の夜 パヴェーゼ 河島英昭訳
- 月と篝火 パヴェーゼ 河島英昭訳
- ウンベルト・エーコ 小説の森散策 和田忠彦訳

- バウドリーノ 全二冊 ウンベルト・エーコ 堤康徳訳
- タタール人の砂漠 ブッツァーティ 脇功訳
- ラサリーリョ・デ・トルメスの生涯 会田由訳
- ドン・キホーテ 前篇 全三冊 セルバンテス 牛島信明訳
- ドン・キホーテ 後篇 全三冊 セルバンテス 牛島信明訳
- 娘たちの空返事 他一篇 モラティン 佐竹謙一訳
- プラテーロとわたし J・R・ヒメーネス 長南実訳
- オルメードの騎士 ロペ・デ・ベガ 長南実訳
- サラマンカの学生 他六篇 エスプロンセーダ 佐竹謙一訳
- セビーリャの色事師と石の招客 他一篇 ティルソ・デ・モリーナ 佐竹謙一訳
- ティラン・ロ・ブラン 全四冊 J・マルトゥレイ M・J・ダ・ガルバ 田澤耕訳
- ダイヤモンド広場 マルセー・ルドゥレダ 田澤耕訳
- 完訳 アンデルセン童話集 全七冊 大畑末吉訳
- 即興詩人 全二冊 アンデルセン 大畑末吉訳
- アンデルセン自伝 大畑末吉訳
- 王の没落 イェンセン 長島要一訳
- イプセン 人形の家 原千代海訳

- イプセン 野鴨 原千代海訳
- 令嬢ユリェ ストリントベルク 茅野蕭々訳
- アミエルの日記 全四冊 河野与一訳
- クオ・ワディス 全三冊 シェンキェーヴィチ 木村彰一訳
- 山椒魚戦争 カレル・チャペック 栗栖継訳
- ロボット（R・U・R） チャペック 千野栄一訳
- 白い病 カレル・チャペック 阿部賢一訳
- マクロプロスの処方箋 カレル・チャペック 阿部賢一訳
- 灰とダイヤモンド 全二冊 アンジェイェフスキ 川上洸訳
- 牛乳屋テヴィエ ショレム・アレイヘム 西成彦訳
- 完訳 千一夜物語 全十三冊 豊島与志雄・渡辺一夫・佐藤正彰・岡部正孝訳
- ルバイヤート オマル・ハイヤーム 小川亮作訳
- ゴレスターン サァディー 沢英三訳
- アブー・ヌワース アラブ飲酒詩選 アブー・ヌワース 塙治夫編訳
- 王書 ―古代ペルシャの神話・伝説 フェルドウスィー 岡田恵美子訳
- 中世騎士物語 ブルフィンチ 野上弥生子訳
- コルタサル短篇集 悪魔の涎・追い求める男 他八篇 木村榮一訳

岩波文庫の最新刊

ライプニッツ著／佐々木能章訳

形而上学叙説 他五篇

中期の代表作『形而上学叙説』をはじめ、アルノー宛書簡などを収録。後年の「モナド」や「予定調和」の萌芽をここに見る。七五年ぶりの新訳。

〔青六一六-三〕 **定価一二七六円**

ルートヴィヒ・ボルツマン著／稲葉肇訳

気体論講義 (下)

気体は熱力学に支配され、分子は力学に支配される。下巻においてボルツマンは、二つの力学を関係づけ、統計力学の理論的な基礎づけも試みる。（全二冊）

〔青九五九-二〕 **定価一四三〇円**

若松英輔編

八木重吉詩集

近代詩の彗星、八木重吉（一八九八―一九二七）。生への愛しみとかなしみに満ちた詩篇を、『秋の瞳』『貧しき信徒』、残された「詩稿」「訳詩」から精選。

〔緑二三六-一〕 **定価一一五五円**

ゲルツェン著／金子幸彦・長縄光男訳

過去と思索 (六)

亡命先のロンドンから自身の雑誌《北極星》や新聞《コロコル》を通じて、「自由な言葉」をロシアに届けるゲルツェン。人生の絶頂期を迎える。（全七冊）

〔青N六一〇-七〕 **定価一五〇七円**

……今月の重版再開……

ゴーゴリ作／平井肇・横田瑞穂訳

死せる魂 (上)(中)(下)

〔赤六〇五-四〜六〕 **定価(上)八五八、(中)七九二、(下)八五八円**

定価は消費税 10% 込です

2025. 2